伝説の勇者の伝説 1

昼寝王国の野望

「って、なんだこいつら」「やばい！　逃げるぞ!?」
シオンとライナの背後から強烈な光が放たれる！

「ライナは私のこと嫌い？　それとも……」
ライナの腕をつかむキファの手の力が強まる。
しかしライナは……

伝説の勇者の伝説 1

昼寝王国の野望

808

鏡　貴也

富士見ファンタジア文庫

111-5

口絵・本文イラスト　とよた瑣織

目次

PROLOGUE I　死神《しにがみ》の棲《す》む場所から――

ここでは、それはよくあることだった……


「もしも……もしも死なないで大人になれたら、私と結婚《けっこん》してくれる？」

亜麻色《あまいろ》の髪《かみ》を持った、おっとりとした顔つきの少女が泣きながら言った。

それに対する少年の瞳《ひとみ》はやる気なさそうに緩《ゆる》んだ……しかしどこか空虚《くうきょ》な感じの乾《かわ》いた瞳のまま、その少女の濡《ぬ》れた瞳を見返す。

「もしも死なないで大人になれたら……」

そんなことはありえない。

少年は思った。

いや、少女も思ったかもしれない。

死ぬのだ。

ここでは……

この孤児院《こじいん》には、死が溢《あふ》れている。

本当に死が溢れている。

こんな小さな二人にもわかるほど、世界には死が溢れている。

だからはそれは……

少女が呟《つぶや》いた。

「生き残れたら……私と……」

少年は答えなかった。

その少女の呟きが、限《かぎ》りなくかなわぬ夢《ゆめ》、幻《まぼろし》のようにはかなく聞こえたから。

「生き残れたら……私と……」

しかし言葉はそこで遮《さえぎ》られた。

その少女の小さな肩《かた》を、突然《とつぜん》黒いスーツを身にまとった初老の男がつかみ、引き寄《よ》せ、言い聞かす。

「時間だ。泣くのはここで終わりにしろ。おまえにはもう、弱さという感情は必要ない。弱ければ死ぬ。それだけだ」

そう。

それだけ。

わかっている。

少女は一瞬《いっしゅん》怯《おび》えた表情《ひょうじょう》をして、

「…………はい」

それからうなずいた。

一度、少年の顔をのぞきこんだが、少年はいつもとかわらない、やる気のなさそうな緩んだ瞳のまま黙《だま》りこんでいる。

どうやら彼女の言葉に答えてくれる気はないらしい……

「…………」

そうだ。

わかっていた。

どうせ死ぬのに、そんな約束をする意味なんてない。

少女の顔は凍《こお》りついた。

もう笑うことはないかもしれない。

そう思った。

「いくぞ」

男にうながされて、少女は歩きだした。

なんの意味もない道を……

目標もない。

夢もない。

希望もない。

これからはこの男の人形になるのだ。

操《あやつ》り人形に。


と——

「おい」

そのとき突然、少年が声をあげた。

やはり覇気《はき》のかける、いつもどおりの声音《こわね》ではあったが……

その声が言ってくる。

「おまえさ、泣き過《す》ぎ。死ぬとか言うなよ。おまえならいけるって。しぶといし。俺《おれ》もさ、死ぬつもりはないからさ。だから……」

少女は思わず振《ふ》り向いた。再《ふたた》び彼女の顔に感情が戻《もど》っていた。

涙《なみだ》が溢れていた。

それを見て、少年は困《こま》ったような、めんどくさげな表情を浮《う》かべてから、微笑《ほほえ》み……言った。

「だからおまえも死ぬな」

「……うん！」

少女は大きくうなずいた。

遠く幼《おさな》い日の約束。

その約束は、少女の心にしっかりと刻《きざ》みこまれた……

第一章　寝ぼけ男と世話女房《せわにょうぼう》

迫《せま》りくる鉄拳《てっけん》。

それをぼーっと半眼《はんがん》で眺《なが》めながら、ライナ・リュートはこんなことを考えていた。

「ああ〜これがあたったら痛《いた》そうだなぁ……」

妙《みょう》に整えきれていない黒髪《くろかみ》に、まったくやる気というものに欠ける緩《ゆる》んだ黒い瞳《ひとみ》。

脱力《だつりょく》した長身痩軀《そうく》からは、覇気《はき》というよりも眠気《ねむけ》がにじみだし、緊張感《きんちょうかん》ゼロなことこのうえない。

それどころかこの鉄拳が迫ってくるという緊迫《きんぱく》した状況《じょうきょう》にもかかわらず、

「お〜、もうすぐあたるな〜……」

なんてことを余裕《よゆう》たっぷりな口調で言うからには、こんな拳打《けんだ》くらい、よけることなどたやすいのだろう。

そう。

それだけの実力を彼は持って……

直後、
ドコ！

「ぎゃ!?」

ライナは殴《なぐ》り飛ばされて吹《ふ》っ飛んだ。

無様《ぶざま》に地面をごろごろと転がり、そのままわざとらしくぴくぴくと体を痙攣《けいれん》させたあと、ぱたりと動かなくなる。

……あらためて言いなおそう。

それだけの実力を彼は、持っているようには到底《とうてい》見えない……

ライナがいまいる場所は、ローランド帝国《ていこく》王立軍事特殊《とくしゅ》学院の演習場《えんしゅうじょう》だった。いまは実戦組手の時間で、生徒全員で戦闘《せんとう》演習をしているのだが……

「………………はぁ」

ライナを殴り飛ばした主が、ため息をつきながら言ってくる。

「だぁからライナってば、なんでいっつもそんなにやる気がないわけ？」

赤毛のショートカットに、勝気なやはり赤い瞳。ライナとは対照的な、やる気に満ち満ちたこの少女、キファ・ノールズは、倒《たお》れたまま立ちあがる気配のないライナをビシっと指差して、

「っていうかあんた！　なに気絶《きぜつ》したふりとかしてんのよ。んなわかりやすくぴくぴくしながら気絶する奴《やつ》いないでしょうが！」

それに対してライナは、やはりあいかわらずやる気のない声音《こわね》で、

「ここにいるじゃん」

「あ！　あ！　ほらやっぱりあんた気絶してないじゃない!?　こんなんじゃ私の成績《せいせき》まで落ちちゃうでしょ！　もうじゃあ続けるわよ？　いい？　魔法《まほう》うつわよ？　いくよ？　いいの？」

「うう……だめ」

「だめじゃなーい!?」

などなど、掛《か》け声をかけあってから魔法をうつことの、どのへんがどう実戦組手なのかはわからないが、とにかく、キファが手を踊《おど》らせはじめる。

ローランド帝国《ていこく》特有の、光の魔方陣《じん》を空間に刻みこんで発動させる魔法だ。

そしてすぐに魔方陣が完成。

「求めるは雷鳴《らいめい》〉〉〉・稲光《いづち》」

途端《とたん》、キファが描《えが》いた魔方陣の中央に小さな光源《こうげん》が生まれ、それがライナへと向けて放たれる。

ライナはといえば、それをあきらめきった表情で眺めて……

「ううむ。雷撃《らいげき》の魔法か……今度はほんとに気絶するかも……」

よけようともしなかった。

直後。

ライナはあっさり魔法の直撃を受け、全身を感電させて、こんどこそぴくぴくと倒れ伏した。

「ちょ、ちょっと!?　なんであんたよけないのよ！」

キファはそれを見て、あわててライナのそばへと駆《か》け寄《よ》った。

「ねえ、大丈夫《だいじょうぶ》？」

「…………」

ライナは答えない。

それどころかぴくりとも動かない……

「う、うそでしょ……」

キファは顔を青くして、倒れているライナを引き起こし、必死に揺《ゆ》すった。

「ねえってばライナ……冗談《じょうだん》やめてよ！　って……ま、まさか……」

と、そこまでキファが言ったところで、彼女が揺すっている脱力しきった体から、

「そうそう。死んでるよ。だから今日の授業《じゅぎょう》はこれでお終《しま》……」

「死人が喋《しゃべ》るかバカ！」

キファがいきおいよくライナの頭をはたいた。

「んもぉ心配させないでよねぇ……はぁ……」

彼女は再《ふた》びため息をつき、

「っていうかさ……なんであんたはそこまでして授業をサボりたがるわけ？」

「今日は眠《ねむ》いんだよ」

「あんたいっつも眠そうじゃない！」

「今日も眠いんだよ」

「言いなおすな！」

そんな、ある意味夫婦漫才《めおとまんざい》のような会話を続ける二人のまわりでは、失笑や、嘲笑《ちょうしょう》が漏《も》れ、口々に、

「普通《ふつう》あんな手加減《てかげん》された魔法くらうか？」

「困《こま》るんだよなぁ～。弱い奴にこの学院にいられたらさ。俺《おれ》たちの価値《かち》まで下がるじゃないかよ」

「もういっそライナなんていまので死んじまえばよかったのにな」

なんて言葉が演習場に溢《あふ》れかえっている……

そう。

ライナはダントツの落ちこぼれだった。

そしてそれは、この学院においては罪《つみ》である。なぜならこの学院は……

このローランド帝国《ていこく》王立軍事特殊《とくしゅ》学院は、国の異端者《いたんしゃ》ばかりが集められている場所なのだから……

ある者は孤児《こじ》だったり、ある者はA級犯罪者《はんざいしゃ》の子供《こども》だったり……

社会には居場所《いばしょ》がない、仕事も、食べ物も与《あた》えてもらえない。そんな、とにかく頼《たよ》るものがなにもない者たちだけが、ここには集められている。

彼らに求められているのは、戦争の道具としての能力《のうりょく》だけ。

軍に自分を高く売り込むためだけに、彼らは日々自分を磨《みが》く。

普通の士官学校とは違《ちが》う。

貴族《きぞく》や、普通の国民たちが前線になるべくでないようにするための、戦闘兵器を育てる機関。

といっても……

ここ数年戦争が起きているわけではないので、そんな言葉通りの緊迫感《きんぱくかん》があるわけではないのだが……

しかしもし戦争が起きれば、この学院に所属《しょぞく》しているものたちが真っ先に戦場へ送りこまれる仕組みになっている。

たとえライナたちがまだ、十七歳前後という若《わか》さでも……

まあそれはともかく……

そんなよく聞こえる陰口《かげぐち》を耳にして、キファがライナにさらに説教してくる。

「もう！　ライナはくやしくないの？　あんなふうに言われて！」

しかしライナは、なぜかそこで急にやる気に満ち満ちた表情《ひょうじょう》にかわり、

「いいねそれ。よしこうしよう。いまの陰口で精神的《せいしんてき》ショックを受けた俺は、しばらく立ちなおれないから今日はもう授業は……」

「んもぉ絶対《ぜったい》サボらせないわよ！」

「まじで？」

「まじで！」

「う〜」

なんていう、ハタから見るとまるで恋人《こいびと》のような会話を交わす二人。

これも、ライナがこの学院において、つまはじきものにされている理由の一つだったりはする。

いつも明るくて、容姿《ようし》もそこそこ整っていて、その上ライナなんていう、ダントツ落こぼれにも優《やさ》しいキファには、隠《かく》れファンが多いのだ。

当人たちはまるで気づいていないが……

というより、むしろ暇《ひま》な時間があればいつも昼寝《ひるね》しているライナにとっては、生徒たちに仲間はずれにされるよりも、なにかというとちょっかいを出してくるキファのほうがめんどくさいとか思っていたりするのだが……

そんなこんなで今日も、

「ライナ消えろ！」

「邪魔《じゃま》だ！」

「弱いくせにこの学院にいるんじゃねぇ!?」

などなど、そんな言葉どこふく風のライナに、罵詈《ばり》雑言《ぞうごん》が投げかけられる。

ライナはそんなあからさまな侮蔑《ぶべつ》の声の主のほうへ、いつもの緩《ゆる》んだ瞳《ひとみ》を向けた。

三人の、いかにも筋肉《きんにく》が取り柄《え》と言わんばかりの同級生たち。

それに対してライナは、

「ほらキファ。みんなもああ言ってることだし、今日のところは俺は授業《じゅぎょう》を……」

とそこで、しょうこりもなくそんなことを言おうとするライナの言葉を、よく通る、澄《す》んだ声が突然遮《とつぜんさえぎ》った。

「君たちは、ライナのことを馬鹿《ばか》にする前に、自分をもっと鍛《きた》えたほうがいいんじゃないか？」

現《あらわ》れたのは、艶《つや》やかな銀色の長い髪《かみ》を後ろにくくり、意志の強そうな鋭《するど》い金色の瞳に、均整《きんせい》のとれた容姿《ようし》。ライナと同い年とは思えないほどの風格《ふうかく》と、そして優美《ゆうび》さを備《そな》えたひとりの青年だった。

シオン・アスタール。

全《すべ》ての科目で成績《せいせき》トップ。

学院内でもすでに彼は中心人物と化しており、彼に心酔《しんすい》している生徒たちを集めて一つのグループを作っている。

しかし彼を説明するにおいて、そんなことはどうでもいい。

一番重要なのは、彼が貴族《きぞく》の出だということだ。

貴族。

この学院とは、もっとも遠い存在《そんざい》のはずだ。

なのになぜ、シオンはここにいるのか……？

しかしそんな謎《なぞ》も……

「ふわぁ……やっぱ眠《ねむ》いや」

「って、せっかくシオンが助けてくれてるのに、なにあんたは無視《むし》きめこんでるのよ」

「え？　助けてくれてんのこれって？」

万年脱力《だつりょく》しっぱなしのライナには、まったく興味《きょうみ》がなかったりする。

そんなライナを、シオンが横目に見てから、整った口元を少し緩めた。

それから再《ふたた》び筋肉三人組に目を向けて、

「君たちも暇《ひま》そうだな。なんなら僕《ぼく》が相手になるよ。まだ、授業は終わってないんだから」

言われて三人組は、その大きな図体《ずうたい》を縮《ちぢ》みあがらせて、

「え、あ、いや、シオンさんと組手をやろうとは思わないよ。なあ？　そうだろ？」

「あ、ああ！　俺たちはライナが気にくわないだけで……」

「そ、そうそう。あんたとやりあいたいとは思わないよ」

シオンの顔色をうかがうように口々に言った。

これだけ、すでにシオンの地位はこの学院内で確立《かくりつ》されつつあるのだ。

そんな三人の言葉を聞いて、つまらなそうな表情でシオンは一つうなずき、

「そうか……だが」

いたずらっぽい笑《え》みを浮《う》かべて続けた。

「いいのか？　いまちょうど僕たちのほうを教官が見てるぞ。いま僕との組手を放棄《ほうき》したら、君たちは敵前逃亡《てきぜんとうぼう》をする可能性《かのうせい》がある人材と見なされて、減点《げんてん》されるかもな。それでもいいなら、ご自由に」

『う……』

言われて一様に、三人組はうめいた。

それはそうだろう。この学院にいるからには、少しでも高値《たかね》で軍に引き取られるよう、成績をあげるためにみんな必死でがんばっているのだ。

ライナのように成績をまるで気にしないなんて輩《やから》は、そうそういない。

シオンが微笑《びしょう》を浮かべたまま言った。

「で、どうする？」

それでも三人組は迷《まよ》っているふうだったが、やがて、

「く、くそ。やるか」

するとシオンは笑みをさらに深くし、

「そうこなくっちゃ。三人同時にこいよ」

そして戦闘《せんとう》は始まった。

二人が手を動かし、魔方陣《まほうじん》を描《えが》きはじめ、残りの一人がシオンに向かって突進《とっしん》してくる。

それを見て、キファがしたり顔でうなずきながら、

「うん。なかなか上策《じょうさく》ね。一人が牽制《けんせい》して、二人が魔法でとどめをさす」

「へぇ〜」

ライナはそれに、とりあえず適当《てきとう》な相槌《あいづち》だけを返しておく。

するとなぜか、キファがまたライナの頭をはたいてきて、

「んもう。ライナのために解説《かいせつ》してあげてるんでしょうが！　こういう戦略《せんりゃく》を取ってきた敵を、どうやって攻略《こうりゃく》するのか、シオンの動きをちゃんと見てなさいよ！」

なんてことをやっているあいだにも、ぼけーっと眺《なが》めるライナの目の前で、男がシオンに殴《なぐ》りかかっていた。

筋肉《きんにく》がつきすぎている大きな体のわりには、かなり速い拳打《けんだ》。

しかし、
ドン！

シオンはあっさり男の拳打をかわし、体と体が交錯《こうさく》する刹那《せつな》に、男の首筋《くびすじ》に蹴《け》りをたた

きこむ。

「う……」

それで男はあっさり倒《たお》れ伏《ふ》した。

そのままシオンは動きを止めずに、もう一人のいまだ魔方陣を描いている男に向かって間合いを詰《つ》め、

「え？　え？　うわ」

そのまま顔面に拳打を入れて殴り倒してしまった。

そして残り一人。

こちらはそれでもすでに、魔法を完成させている。

あとは魔法を放つだけだ。

これをいったいどうやってシオンは攻略するつもりなのだろうか……

あっさり二人倒され、男は蒼白《そうはく》の表情《ひょうじょう》で呪文《じゅもん》を唱《とな》えはじめた。

「求めるは雷《らい》……」

が、振《ふ》りかえったシオンはそこまで呪文を唱え終わってしまった男を見ても、余裕《よゆう》しゃくしゃくの表情で笑みを浮かべ、

「黙《だま》れよ」

言葉と同時に地面の砂《すな》を蹴りあげた。
「うあ⁉」
巻《ま》きあがった砂に視力を奪《うば》われた男は思わず顔を手で覆《おお》う。
その一瞬の隙《すき》をシオンが逃《のが》すわけもなく……
男は魔方陣を描いていた腕《うで》をひねりあげられ、そのまま投げ飛ばされた。
そしてあっさり戦闘終了。
シオンは何事もなかったかのようにその場に立ち、一度気だるげに首を回してから、
「まあ、こんなもんか……」
圧倒的《あっとうてき》だった。
実力が違《ちが》いすぎる。
「………………」
そのあまりに鮮《あざ》やかな手並《てな》みに、演習場《えんしゅうじょう》は静まり返っていた。
彼を見つめるときの生徒たちの目は、一様に羨望《せんぼう》か嫉妬《しっと》の色に染《そ》まっている。
そんな視線《しせん》を、当然のようにシオンは受け止めていた。
その姿《すがた》は、まるで生まれつきの英雄《えいゆう》であるかのよう。
ただ、ライナだけは、唯一《ゆいいつ》感心したふうもなく、だからといって嫉妬しているわけでも

ない、あいかわらずの眠そうな目のまま、他の生徒たちと同様に絶句《ぜっく》しているキファの肩《かた》をぽんぽんとたたき、

「で、いまのを参考にしろって？」

「え？　いやあの……む、無理よねぇ……」

「わかってくれたか。じゃあ俺《おれ》はこれで今日の授業《じゅぎょう》は……って……」

そこで鐘《かね》がならされた。

今日の授業が終わった合図だ。

途端《とたん》に演習場全体からわっと歓声《かんせい》があがり、皆《みな》がそれぞれの部屋《へや》に戻《もど》りはじめる。

それを見て、ライナは急に憮然《ぶぜん》とした表情になった。

「しまった……サボれなかった……」

「……って、なに言ってんのよあんたは。ずっとここで寝《ね》てただけじゃないのよまったく」

もうあきれたとばかりの表情でキファが言う。

しかしライナはさらに表情を曇《くも》らせ、

「それでもキファのせいで、今日は全部の授業に俺《おれ》はでちゃったんだぞ？」

「それになんの問題があるのよ？」

「問題ありありだよ。今回のことでもし俺のまじめさが教官たちの評判《ひょうばん》になって、出世しちゃったりなんかして、いろいろめんどくさい仕事とか押《お》し付けられたらどうする？」

なんてことを真顔で言うライナの顔をまじまじと見つめてから、キファは頭を抱《かか》えた。

「ライナがそれで出世するなら、きっと私は神になれそうな気がするわ……」

とそこで突然《とつぜん》、

「あはは。二人の夢《ゆめ》は大きいなぁ……じゃあキファが神になったあかつきには、願わくば僕《ぼく》も幸せにしてくれるかな？」

シオンだった。

いつまでも地面に座《すわ》りこんで話している二人の目の前に、いつのまにかシオンが立っていた。

「え、あ、シオン……じゃない、アスタールさん!?　えっと、あのその、な、なんで私の名前を!?」

キファの声は、緊張《きんちょう》で裏返《うらがえ》る。

それを見てシオンは苦笑《くしょう》し、

「シオンでいいよ。で、なぜ僕が君の名前を知っているかというと……僕は一応《いちおう》、この学院のめぼしい生徒の名前はほとんど全部覚えてるんでね」

「って、へ？　めぼしいって……？」

それにシオンがうなずいた。

「キファ・ノールズ。全《すべ》ての科目で常《つね》に平均以上の成績《せいせき》を収《おさ》め、おまけに明るく容姿端麗《ようしたんれい》で人気が高い」

「え？　いやあの……容姿端麗ってそんな……」

ほめられまくってキファは顔を赤らめながら、しかしまんざらでもないような表情《ひょうじょう》で、

「ど、どうしよライナ。容姿端麗だって。あは、あははは」

などと無意味に笑ってみたり。

その横でライナが小声で、

「ほめすぎ」

パシ！

即座《そくざ》に頭をはたかれた。

シオンはそんな二人の様子をしばらく眺《なが》めてから、キファに向かって言ってきた。

「で、提案《ていあん》なんだけどキファ。君は僕《ぼく》の下にくる気はないか？」

「へ？　下って？」

「うん。もうすぐ学院ではチーム単位で戦闘《せんとう》を行えるように訓練《くんれん》するための班分《はんわ》けがある

んだけど、もし僕の下にくるなら、裏に手を回して僕と同じ班に入れてあげることができる。僕と同じ班にくれれば、いろいろと有利だよ？」

「で、でも、アスター……いや、えっと、シオンは有能《ゆうのう》な人ばっかり集めてるんでしょ？　私なんか……」

「そんなことない。君は十分有能だよ。絶対後悔《ぜったいこうかい》させない」

言って、にこやかに笑う。笑顔《えがお》が不必要なほど輝《かがや》いている。シオンの物言いは、好青年そのものだった。

しかしそこまで言われても、まだキファはためらう様子で、なぜかライナのほうをちらちらと見ながら、

「だけど……」

しかしそこでライナが、

「なに迷《まよ》ってんだよキファ。有利なんだってよ？　いけばいいじゃん。そうすれば俺も毎日昼寝《ひるね》が……」

なんてことを言いかけたところで、なぜかキファがひどく悲しげな表情をしたから、ライナは思わず黙《だま》りこんだ。

とそこで、シオンがさらに続けてくる。

「いや、もちろんライナにも最初から僕の下にきてもらうつもりだよ」

瞬間《しゅんかん》、

「ほんと!?」

「え〜めんどいからやだな〜」

キファとライナの声が重なった。

「って!?」

続けてキファが、

「なんでやなのよ！　すっごい光栄な話じゃない！　シオンについてけば出世間違《まちが》いなしってもっぱらの評判《ひょうばん》なのよ？」

が、ライナはそれにあからさまに嫌《いや》な顔をして、

「だ〜から嫌《いや》なんだよ。出世なんかしたらやりたくもない仕事をわんさとやらせられるじゃないか。俺としては昼寝《ひるね》してればそれだけで一日が終わるようなやりがいのある人生を……」

「そういうのをやりがいのある人生とは言わないの！」

「え？　そうなの？」

「そうなの！　んもう、だからライナは黙って私の言うとおりに……」

しかしそこで、ライナはキファの言葉を遮《さえぎ》り、こともなげな表情で、

「っていうか……あのさぁ、だいたいなんで俺が誘《さそ》われるんだよ？　俺の成績知ってるだろ？　どう考えてもシオンが欲《ほ》しいのは、キファだけだと思うんだけどなぁ～」

「あ……」

その言葉に、なぜかまた、キファの顔が悲しげに歪《ゆが》む。

キファのその表情の意味がわからなくて、ライナは首をかしげた。

でも、どう考えたってそうなのだ。

ライナが誘われるのはおかしい。

シオンはキファを手に入れるために、おまけとしてライナを誘ってくれているに過《す》ぎない。なぜなら……いや、理由を言うまでもないが、ライナは成績ドべなわけだし、やる気も全然ないし……

よっぽどの物好きじゃない限《かぎ》り、ライナなんかを欲しがる奴《やつ》はいないだろう……

やっぱりおかしいのだ。

と、キファが暗い表情のまま、小声で、

「ライナの馬鹿《ばか》……自分でそんなこと言ったら……離《はな》れ離《ばな》れに……」

しかしシオンはそこで、キファの言葉を遮って、にこやかに言ってきた。

「いや、ライナはなにか勘違《かんちが》いしてるみたいだね。僕はライナ、本心から君にも僕の下にきてもらいたいと思ってるんだよ？」

「は？　なんで？」

ライナはとぼけた口調で聞き返す。

するとシオンは、やはり笑みを浮かべたまま、

「うん。あえて言えば、目が気に入ったから、かな。僕を見ても、君は驚《おどろ》かない。嫉妬《しっと》しない。いつもぼやけた君の目が気に入ったんだ」

「って、うわぁ……それってまさか俺に惚《ほ》れたってことか？　うう……ごめん……そういうことならなおさらシオンの下には……」

とかなんとか、とりあえず理由をつけて、ライナは結局辞退《じたい》した。いや、元から、人とつるんだりするつもりはなかったのだ。めんどくさいし、出世とかにも興味《きょうみ》はないし。

キファがなんで、さっきからライナがシオンからの誘いを断《ことわ》ると悲しそうな顔をするのかはいまいちわからないが……

「ああ、なんか今日は眠《ねむ》いなぁ……」

だからといって悩《なや》むほどのやる気も彼にはなかった……

すると、キファもなぜかうつむいて、

「じゃ、じゃあ私は……」

　とそこで、シオンの表情が突然《とつぜん》変わった。いままでの好青年のような笑顔から、悪魔《あくま》のような微笑《びしょう》へ。

　そしてライナの耳元に、顔を近づけてきて……

「おい。おまえなぁ、俺が誘ってるんだからあんまりごねるなよライナ。俺はおまえの目が気に入ったってさっき言ったろ？　俺は『複写眼《アルファ・スティグマ》』保持者《ほじしゃ》のおまえが欲《ほ》しいんだよ」

「って⁉」

　途端《とたん》、ライナはだらけきっていた体を跳《は》ね起こし、シオンから離《はな》れた。

　そのままさらにあわてた様子で、

「な、な、なにを言ってるのかなおまえは……俺はそんな『複写《アルファ》……じゃないや……えっとぉ、そんなもんのことはぜんっぜんこれっぽっちも知らな……」

　が、シオンは再《ふたた》びあの好青年然としたさわやかな笑顔で、

「そんな謙遜《けんそん》することないよライナ。君がほんとの実力を隠《かく》してるのはわかってるんだ。僕は君が昔いた、孤児院《こじいん》にまでいって調べたんだからね」

「な……」

　瞬間、ライナは固まった。それでもなんとか平静を装《よそお》って、言葉を続けるが……

「な、なんのことか俺《おれ》にはわからないな。じゃ、俺はもういくよ。人の下について働くなんてめんどくさいしさ……」

言って、ライナはシオンに背《せ》を向けた。そのままぎこちない足取りでその場を去ろうとする。

が……

後ろからさらに、さわやかな声がライナにかけられた。

「仲間にならないなら、ばらすよ。みんなに全部ばらす。君が隠している能力のことをばらしたら、どうなるかわかってるだろ？」

「う……」

そこでライナは足を止めた。

『複写眼《アルファ・スティグマ》』

その言葉は、いつでも畏怖《いふ》と、嫌悪《けんお》の感情《かんじょう》を持って口にされる。

はずなのだが……

ライナはため息をつき、振《ふ》りかえった。

そしてさわやか好青年シオンを、緩《ゆる》んだ瞳《ひとみ》でにらみつけて、

「俺のことを知ってて欲《ほ》しいって？」

するとシオンは嬉《うれ》しそうに笑って、

「僕《ぼく》が欲しがってやらなきゃ、誰《だれ》も欲しがってくれないだろ？　で、どうするんだ？　僕のところへくるのか？　それとも……」

「うう……ああはいはい。わかったよ。仲間になる。ったく……普通脅《ふつうおど》して仲間集めたりするか？　おまえ実は悪魔だろ？」

　ライナが言うと、シオンはなぜかそれに苦笑《くしよう》して、

「お互《たが》い様だ。よし、じゃあま、班分《はんわ》けはあさってだ。それまでに僕たちの班に君たちがこられるようにしておく。これから一緒《いっしよ》にがんばろうな」

　言って、さっさと去っていってしまった。

　それをライナはため息をつきながら見送り、続いてキファが、

「って、え？　へ？　どういうこと？　で、結局、ライナもシオンの仲間になったのよね？」

　その言葉に、さらにライナは深いため息をついた。

「……めんどくさそうだよなぁ……」

「んもう。せっかく出世できそうな糸口つかんだのに、そんなことばっかり言ってないの！　あ、でも……」

とそこで、キファは一瞬考えこむ。

「さっきシオン。ライナに隠された能力《のうりょく》がどうこうとか言ってなかった？　あれなに？」

言われてライナはぎくりとした。

が、それを表情《ひょうじょう》にはなんとかださずに、

「いやぁなんなんだろうな。俺になんかそういう能力とかありそう？」

するとキファがしげしげとライナを見つめてから、あっさり首《ふ》を振って、

「なさそう」

「って、あっさり言うなぁ～」

「だってなさそうなんだもん。あ！　あえて言うなら飛びぬけてやる気のないところとか？　案外それかも。エリートのシオンにとっては、緊張《きんちょう》した毎日に一服の清涼剤《せいりょうざい》としてライナの脱力《だつりょく》を取り入れようとか……ああそれはあるかも。私も結構《けっこう》ライナと一緒にいると楽だしねぇ～」

なんて失礼なことを言ってうんうんうなずくキファに、ライナが呆《あき》れた様子で聞いた。

「って、おまえはそんなに緊張した毎日を送ってるのか？」

すると一瞬、キファはたそがれたような顔になって、

「ふっ……乙女《おとめ》にはいろいろとあるものなのよ……」

「ほほう……ちなみにいったいこの演習場《えんしゅうじょう》のどこらへんに乙女なんて健気《けなげ》な生物が存在《そんざい》……って、あ痛《いた》⁉　冗談《じょうだん》だって。殴《なぐ》るなって⁉　わわわ⁉」

なんてことをやりながら、ライナは、戦闘《せんとう》実習で成績《せいせき》上位に入るほどの鉄拳《てっけん》をぽかぽかと振りまわしてくるキファから、あわてて逃《に》げだした。

演習場にはもう、夕日が落ちていた。


そんな平和な学院生活。

平和な日常《にちじょう》。

かつて、戦乱《せんらん》がうずまいていたローランド帝国《ていこく》は、七年前の休戦により、一時の平穏《へいおん》を取り戻《もど》していた。

メノリス大陸南端《なんたん》に位置するローランドは、三つの国に囲まれている。

一つはネルファ皇国《こうこく》。

この国とはあまり仲がいいとはいえないが、それでも戦争に発展《はってん》するほどではない。

次にルーナ帝国。

この国とは現在同盟《どうめい》関係にあり、まあ、無視《むし》してもいいだろう。

そして問題なのは、三つ目の国。

エスタブール王国だ。

この国とはもう、四世代もの長い間、延々《えんえん》と戦争を続けている。

争いの発端《ほったん》はもうわからない。

様々な問題が起きた。領土《りょうど》問題がきっかけだったと言われているが、いまはもう、やられたからやり返す。

その繰《く》り返しだ。

だから、ローランド帝国の国民に、戦争を知らない世代はいなくなってしまっている。

そう。

この国には、常《つね》に死が溢《あふ》れていたのだ。

ほんの七年前までは……

しかし、まったく決着がつかない戦争は、国を衰《おとろ》えさせる。このままでは、ローランド、エスタブール両国の力が衰え、他国に侵略《しんりゃく》を許《ゆる》してしまうのではと危惧《きぐ》した両国は、七年前、休戦協定を結んだ。

そしていままでは、うってかわって信じられないほどの平和な日々が続いていた……

七年というのは長い。

大人と違って立ちなおりの早い子供たちは、戦争のことなどすでに忘《わす》れてしまったといってもいいくらいだった。

むしろ平和ぼけしはじめていると言ってもいい。

ちなみにどれくらい平和ぼけかというと……

「ってライナ！　あんた歩きながら寝《ね》るなって言ってるでしょ！」

「ば、馬鹿《ばか》言うなって。歩きながら寝れるわけないだろ！　俺《おれ》は起きてました！」

「寝てました！　寝てました！　私見たもん！」

「う……いや、でもほんの十分くらいだからいいじゃないか」

「っていうか山道を十分も寝ながら歩けるのが私には驚異《きょうい》なんだけど」

などなど……

歩きながら寝ることもできるほどの平和ぼけさ加減《かげん》だった……

そんなやっぱりやる気のないライナに、キファが怒鳴《どな》りつけてくる。

「とりあえず！　作戦中に寝たらだめじゃない！　模擬《もぎ》戦闘訓練《くんれん》はチーム戦なんだから、ライナがなまけると、班長《リーダー》のシオンにも、班《はん》のみんなにも迷惑《めいわく》かけるのよ？　それをあんたはわかって……」

しかしそこで突然《とつぜん》、キファの言葉は後ろから投げかけられた女の子の声に遮《さえぎ》られた。

「あのぉ。ちょっと私思うんですが……キファも少し声が大きすぎだと思います。せっかく私がずっと足音とか忍《しの》ばせて歩いてるのに、これじゃ全然意味なくなっちゃう」

言われてキファは、

「え？　あ⁉　えっと。あう……ご、ごめんなさい」

黙《だま》り込《こ》む。

振《ふ》り向くと、呆《あき》れたような顔で、今回から一緒《いっしょ》の班になった一人の女の子が、ライナたちを見つめていた。

ファル・ペニー。小柄《こがら》で眼鏡《めがね》、おまけにじゃっかんたれ目という運動神経《しんけい》にあまりめぐまれていなさそうなこの女の子は、実は隠密《おんみつ》行動の成績《せいせき》上位者として、シオンに仲間に引き入れられた切れ者だったりする。

それに続いてトニーという、いっつも暗い表情をしたいまいち存在感《そんざいかん》の薄《うす》い男が、

「そうだな。ファルの言うとおりだ。君たちは少しはしゃぎすぎだ」

さらにさらに、

「まあいいじゃーん。シオンが計画した通りに動きゃあこんな模擬戦闘訓練なんて楽勝だって。いけるいける♪」

ノリばっかりいいタイルが続ける。

これにライナとキファとシオンを合わせて一班六人。

ライナを除《のぞ》いた全員が、なんらかの分野で飛びぬけた成績を持っている。

ちなみに他にもシオンの仲間は大勢《おおぜい》いるのだが、それぞれいくつかの班にまとめて配置されていて、今回のような対戦形式で成績を決めるような授業《じゅぎょう》には、仲間同士があたらないように、シオンによって手が回されているらしい……

だから今回の、山一つを使って班対抗《たいこう》で行われる模擬戦闘訓練は、いわばシオンの息がかかってない生徒が敵《てき》なので、そうそう気を抜くことはできない。

だから、

「うう～ほんとごめんなさい」

キファはさらに小さくなっていた。

それを見たのか、最後尾《さいこうび》を歩いていたシオンが、

「まあ、大丈夫《だいじょうぶ》だよ。作戦通りいけば、僕らは絶対《ぜったい》負けない」

続いてライナが、

「そうそう。俺は別に負けてもいいしね。だからとりあえずみんなでここで昼寝するっていうのは……」

『するか!?』

と、班全員が見事に声をハモらせて怒鳴《どな》ったところを見ると、仲間同士の意思の疎通《そつう》はできているようだ。

やる気なさすぎる一人を除いての話だが……

まあ、それはともかく。

この模擬戦闘《もぎせんとう》訓練はさっきも言ったように班対班で行われる。

お互《たが》い山の別々のスタート地点に配置され、相手を全滅《ぜんめつ》させるまで訓練は何日でも続けられることになっている。

当然山は小さくないから、お互いを発見することも難《むずか》しいし、食料は山の中で各自調達しなければならないから、総合《そうごう》能力が求められる、難度《なんど》が高い授業だ。

いや、教官がいるわけではないから、授業というべきではないかもしれないが……

ちなみに、この授業では勝ち負けだけじゃなく、敵を発見し、全滅させるまでのタイムも成績に影響《えいきょう》する。

速ければ速いほど好成績なのは言うまでもないだろう。

そして。

こんな状況下《じょうきょうか》でシオンが立てた計画は……

スタート前。山に入る直前の人工的に作られた広場で、シオンが自信満々の表情《ひょうじょう》で言ってきた。

「よし。じゃあ四時間以内に敵を全滅させるぞ」

瞬間《しゅんかん》、

『はぁ!?』

ライナを除いた四人が声をそろえて叫《さけ》んだ。

そのときはいつでもお調子者のタイルでさえも表情をくもらせて、

「ちょ、ちょっとそれは無理だろシオン。いっくら俺《おれ》が有能だからっていっても、四時間は……どうやって、んな短時間で敵を見つける気なんだよ？」

しかし、シオンは笑《え》みを浮《う》かべたまま、

「見つける気なんてないよ。もう知ってるんだ。相手の班がどこからスタートしたのか」

「へ？　知ってるって？」

キファが思わず問い返すが、それにあっさりシオンはうなずいて、

「うん。もうどの班が僕らの相手になって、どのスタート地点からスタートすることになってるのかは事前に調べてあるんだよ。あとはそれを待ち伏《ぶ》せして、襲《おそ》えばいいだけ……」

「ってちょっと待って!?」

そこでキファがシオンの言葉を遮《さえぎ》った。

「でも……それって、いわゆるカンニングってやつなんじゃないの？」

なんてことを言われても、シオンまったく平然とした表情で、

「あ、そうとも言うね。僕としては戦略《せんりゃく》と言って欲《ほ》しいけど。でもこの授業は総合力が試《ため》される授業だろ？　戦闘をする前に、相手の情報《じょうほう》をあらかじめ調査《ちょうさ》しておくのをずるだと僕は思わないね。それどころか、戦闘……いや、戦争は、情報が全《すべ》てを支配《しはい》していると言っても過言じゃないんじゃないかな。それなら、僕がやってることは、正しい」

と、臆面《おくめん》もなく正しいと言いきるシオンに、ライナが気だるげな声で、

「ん〜もっともらしく聞こえるけど、人の過去《プライバシー》を勝手にかぎまわったりするのは、変態《へんたい》とかわらないと思うぞ」

ライナは『複写眼《アルファ・スティグマ》』のことを調べられて、無理矢理《むりやり》仲間に引き入れられたことを、まだ根に持っていた……

しかしシオンは、ライナのそんな言葉もあっさり受け流し、

「ん？　それはライナが昔フラれた女の子の話を、みんなに言わないでくれっていう口止めのつもりかい？」

「な!?　なんの話だぞ……」

が、そこでライナは突然《とつぜん》後ろから二人の男に襲《おそ》いかかられた。

タイルとトニーに……

無理矢理口を押《お》さえつけられ、

「ふふぉにょふぉ!?」

言葉にならない。

それを確認《かくにん》してから、キファが一つうなずき、

「で、ライナが誰《だれ》にフラれたって？」

続いてタイルが、

「どんな女の子だって？」

さらにファルが、

「ああ、恋愛話《れんあい》なんて心トキメキますね……♡」

それどころかいつもはあまり喋《しゃべ》らないトニーまでが、暗い顔をさらに暗くして、

「それでそのときライナとその子はどこまでいってたんだ？　場合によってはライナを許《ゆる》すことはできないぞ」

なにやら怖《こわ》いことを言っている。

全員興味津々《きょうみしんしん》だ……。

するとシオンがライナのほうを一度見たあと、悪魔《あくま》のような笑《え》みを浮《う》かべて、

「聞いた話によると、ライナは孤児院《こじいん》の先生に告白《こくはく》したらし……」

「ふにょのふぉおおおおお!?」

ライナの悲しい叫《さけ》び声が響《ひび》いた。


いやまあそんな話はとにかく。

場面は戻《もど》って山中。

ひたすら山を歩いてもう二時間。

もうそろそろ敵《てき》のスタート地点に到着《とうちゃく》するはずだ。

ライナを除いた面々は、体を緊張《きんちょう》させ、周囲に気をくばりはじめていた。

とそこで、

「ふわぁ〜っ……ぎゃ!?」

ライナが大きくあくびして、それをタイルが殴《なぐ》りつけて黙《だま》らせた。

押し殺した声で、

「もう。少し黙れってこの年増《としま》好き！　そろそろ敵が近いんだからな」

それにライナは顔をしかめて、

「と、年増好きって……だからあれは違《ちが》うって言ってるだろ！　あんときまだ俺は六歳だぞ？　それに孤児院の先生が……」

がしかし、弁明《べんめい》はさせてもらえない。

後ろからなぜかキファまでもが殴りつけてきて、

「このスケベ男！　六歳でだなんて！　六歳でだなんて！」

「そ、それはシオンの嘘《うそ》だぁ!?　普通《ふつう》に考えろよ！　んなわけないだろ！　って、あとで覚えてろよシオン！」

ライナは叫ぶが、シオンはやはり平然とした表情《ひょうじょう》で、

「ふふ……これで情報及び情報操作能力《そうさのうりょく》が必要不可欠《ふかけつ》な力だってことがわかっただろ？」

「なぁにが必要不可欠な力だ！　もう俺は絶対《ぜったい》……」

とそこまで言ったところで、今度はシオンがライナの口を押さえつけてきた。

口元に指を一本立てて、

「静かに。ビンゴだ。敵の後ろをとったぞ」

それに全員が静まり返った。

ライナも押さえつけられたままの格好《かっこう》で、首を持ちあげて木々の隙間《すきま》から、皆《みな》が注目し

ているほうをのぞく。

そこには、六人の見覚えのある男女が話しあってる姿《すがた》があった。

間違いない。

ライナたちは、四時間どころか二時間と少しで敵を見つけてしまったのだ。

これは驚異《きょうい》的なことだった。

いや、ライナにはまったく興味のないことだったが……

タイルが言う。

「やった。あいつらこっちにまったく気づいてないぞ。やっちまおうぜシオン」

続いてトニーがくぐもった声で、

「いや、もし罠《わな》を張《は》られていたらまずい。ここは慎重《しんちょう》にいったほうがいいんじゃないか？」

続いてファルが、

「どうしましょうかシオン」

するとシオンが口を開いた。

「いや、やるぞ」

瞬間《しゅんかん》、シオンの目が鋭《するど》く細まった。いつものさわやかなものではなく、まるで獲物《えもの》を見

つけた野獣《やじゅう》のような笑みを口元に浮かべ、

「楽勝だ。一気に倒《たお》してこの授業《じゅぎょう》最速タイムをたたきだそう。いくぞ」

そしてさっさとシオンが飛び出していく。

それを見てあっけにとられた班《はん》の面々は、シオンが奇襲攻撃《きしゅうこうげき》であっという間に二人を倒してしまってからやっと、

「や、やるぞ！」

あわてて飛び出していく。

そして……

あたりまえだが、あっさりと決着がついてしまった。

結果は、敵を全滅《ぜんめつ》するまでのタイム二時間と五十二分。

犠牲者《ぎせいしゃ》は一人だけ。

ちなみに犠牲というのは、楽勝のはずの奇襲攻撃の最中に、ライナが転んで足をすりむいただけなのだが……

そのせいで、多少班の評価《ひょうか》点数が落ちて、そのあと班の面々にぼこぼこにされたのは言うまでもない……

それからしばらく後……

そこは路地裏《ろじうら》にある古ぼけた小さな酒場だった。

あたりにはすでに鳥の声が聞こえ始めているが、ライナが酒場から出て空を見てみると、まだ空は暗かった。

夜が明けるには、まだ少し時間があるだろう。

ライナはふらつく足取りで酒場の出入り口から離《はな》れ、前の道にぺたんと座《すわ》りこむと、

「う〜きもちわるい……俺《おれ》あんま酒飲めないのに……」

げんなりした表情でうめく。

そして彼は、そのまま道の真ん中に横になってしまった。喉元《のどもと》まで迫《せま》ってきている何かの存在《そんざい》はあえて無視《むし》して、

「しっかしキファがあんなに酒癖《さけぐせ》が悪いとはなぁ……」

雲のせいか、星があまり見えない空を眺《なが》めながら彼は呟《つぶや》いた。

状況《じょうきょう》はこうだった。

ライナたちの班は、模擬《もぎ》戦闘訓練《せんとうくんれん》史上、最短記録をたたき出した伝説の班として、学院のヒーローとなった。いや、結局はシオンが指揮《しき》をとったのはみんながわかっているから、シオンがヒーローになったのだが……

とにかく、これを祝おうとタイルが言い出し、シオンの仲間数十人がそれに呼応《こおう》して、今回の飲み会なるものが催《もよお》されたのだ。

ちなみに。

ローランドの法律《ほうりつ》では、お酒は二十二歳からとなっている。

さらにちなみに。

ローランド帝国《ていこく》王立軍事特殊《とくしゅ》学院の生徒は、最年長でも十九歳までしかいないのだが、これはいったいどういうことだろう……？

いや、あえて深くは追及はしないが……

ライナは吐《は》き気と一生懸命《けんめい》戦いながら、なんとか気分を逸《そ》らすように独《ひと》り言を続けていた。

「だいたいなぁにが年増好きだよシオンの奴《やつ》……いつのまにかあだ名がマダムキラーにされてるし……絶対《ぜったい》いつかあいつの弱みを握《にぎ》って……」

とそこで突然《とつぜん》、

「俺に弱みなんてないよ」

シオンがライナの顔をのぞきこんできた。

瞬間、ライナは寝《ね》っ転がったまま器用にずるずると体をあとずさりさせ、

「出たな悪魔!」

それにシオンは苦笑《くしよう》して、

「よ。噂《うわさ》のマダムキラー」

「マダムキラーじゃなーい!?」

叫《さけ》んでから、ライナは疲《つか》れたようにため息をつき、いつものやる気のない表情に戻《もど》ってから言った。

「って、おまえ、なんでここにいるんだよ。今回の主役はおまえだろ？　主役がこんなところに出てていいのか？」

するとシオンは、なぜかライナの前以外ではあまりしない、好青年とはかけ離れている悪魔のように獰猛《どうもう》で、それでいて魅惑《みわく》的な笑《え》みを浮《う》かべて、

「だから俺に弱みなんてないって言ったろ？　全員酔《よ》い潰《つぶ》してやったよ。残ってるのはおまえと俺だけだ」

「そか。もうみんな寝たのか」

「ああ」

そこで二人は黙《だま》った。

ライナはまた、空を見上げて、ぼーっとしはじめる。

と、その隣《となり》にシオンも寝転がってきて、

「ライナ」

「ん～？　男同士でラブシーンならお断《ことわ》りだぞ？」

するとシオンが苦笑してから、

「んなことはしないよ。そうじゃなくて……聞かせてくれないか？　おまえがこの学院に入った理由を……」

「あん？　なんだよいきなり？」

「ふむ……」

と一度うなずき、シオンは続けた。

「成績《せいせき》は最下位。出席率《りつ》は最悪。おまけに、俺が誘《さそ》ってるのになかなか承諾《しょうだく》もしなかったところを見ると、軍部での出世も望んでいない。そんな奴が、なんでこの学院にきたのか？　それが俺は不思議なんだ」

するとライナはあいかわらず空を見上げたまま、気だるい口調で、

「って………おまえ、とっくに調べてるんじゃないのか？　俺がなんでこの学院に入らなきゃならなかったのか……？」

「あ、バレたか……」

言われてシオンは笑った。

「実を言うと、もう調べた。おまえがかつていた孤児院《こじいん》のことは……」

そこで一度言葉を止め、それからゆったりとした口調で話しはじめた。

「おまえの育った孤児院。ローランド三〇七号特殊施設《しせつ》……名目上ではこの長い戦役《せんえき》で親を失った孤児を、一人で生きていけるようになるまで育成する施設とあるが……実質《じっしつ》は違《ちが》う。才能《さいのう》のありそうな孤児だけを集めてきて徹底的《てっていてき》に軍事教育を施《ほどこ》す。そして才能を示《しめ》せない子供《こども》はすぐに処分《しょぶん》される。生き残ることができた少数の子供は、貴族《きぞく》に高《たか》値《ね》で売り渡《わた》されたり、まだ幼《おさな》いうちからすぐに戦争に投入《とうにゅう》されたり……」

「…………」

ライナは無言だった。ぼやけた目で空を見上げたまま……

シオンが続ける。

「そんな場所でおまえは育った。それが突然、戦争が終わった……それでもそれから数年はその孤児院は存在したが、戦争がなければそんなものは――子供を無理矢理《むりやり》教育し、才能がなければ殺すなんて施設は――犯罪《はんざい》以外のなにものでもなくなる。で、おまえは一つの選択肢《せんたくし》をつきつけられたわけだ。これから先、軍部の管理下におかれ続けるか、それとも口封《くちふう》じに殺されるか……

そしておまえは、前者を選び、このローランド帝国王立軍事特殊学院に入った……違うか？」

問われても、ライナはしばらくぼけっとしたままだった。いや、実際《じっさい》のところ寝てるんじゃないかとシオンに心配されそうなほど、ライナにはやる気がなさそうに見えた。

が、それから顔を少ししかめ、

「う〜ん。あらためてそう説明されるとすごいところだけど、そこまで言うほどじゃなかったよ。それが普通《ふつう》だと思ってたし、俺《おれ》なんかそんときの教官に結婚《けっこん》しようとか言ってるんだぜ？」

言ってから、ライナは笑った。

しかしそれは少し、自嘲《じちょう》気味の笑い声だった。

シオンはそんなライナの顔を、真剣《しんけん》に見つめたまま、

「なあライナ」

「だからなんだよ。さっきからあらたまって」

「おまえは……」

そこで一度言葉を止めた。

そして、言葉を選ぶようなゆっくりとした口調で、

「ライナ。おまえは、この国に復讐《ふくしゅう》したいと思わないのか？」

「へ？　復讐？」

突然の言葉にライナが思わず聞き返すと、シオンはうなずいて、立ちあがった。

彼はライナが寝転がっていた道の真ん中にいき、振《ふ》りかえって、

「おまえはこんな腐《くさ》った国を、叩《たた》き潰《つぶ》してやりたいと思ったことはないのか？『複写眼《アルファ・スティグマ》』だというだけで忌《い》み嫌《きら》われる国。平等じゃない国。弱いものを虐《しいた》げる国。争いをやめようとしない国。愚《おろ》かな国王に、それに輪をかけて愚かな貴族《きぞく》たち」

その言葉を聞いて、ライナは顔をしかめて言った。

「っておいおい。んなこと言ってるの誰《だれ》かに聞かれたら、死刑《しけい》になっちゃうぞ」

が、シオンはそれを聞いてにやりと笑った。

「だろうな。だが、この国を恨《うら》んでいるおまえは、密告《みっこく》したりしない。だろ？」

言われて、ライナはさらに顔をしかめる。

「めんどくさいからしないだけだよ」

「あはは。それが本当の理由じゃないことはわかってるよ」

「いやだから勝手に決めるなって」

というライナの言葉は、まるでシオンに受け付けてもらえない。

彼はそのまま、あっさりとした口調で、

「俺がやってやるよライナ。全《すべ》てを変えてやる。いまはまだ、貴族どもの息がかかっていない仲間を集めるために、この学院で仲間を集めているが……それももうすぐやめだ。戦力は十分整った」

そして、シオンは両手を広げた。

「俺がこの国の王になってやる。そして全てを変えてやる。だからライナ。俺についてこい。俺がおまえがかつて望んだ世界をつくってやるよ」

言って、シオンがライナの前に手を差し伸《の》べてくる。

シオンの顔には自信がみなぎっていた。

銀色の髪《かみ》がきらめき、鋭《するど》い瞳《ひとみ》からは強烈《きょうれつ》な意志の力が放たれていた。

彼の存在《そんざい》は、あきらかに普通とは違った。

輝《かがや》いて見えた。

例《たと》えるなら、神に弓引く悪魔《あくま》か、悪を滅《めっ》する神か……

生まれながらにして英雄《えいゆう》になるための全要素を持っているかのように見えた。

その上能力、人望も兼《か》ね備《そな》え……

一国の王になる。

そんな夢《ゆめ》としか言いようがないような言葉を、あっさり実現してしまいそうなほどのなにかが、シオンの体から放たれていた。

もう一度、シオンが言った。

今度は、なにもかもを包み込むような優《やさ》しげな微笑《びしょう》を浮かべて、

「俺といこう。ライナ」

これで、この場にいるのが常人《じょうじん》だったならば、シオンの圧倒的《あっとうてき》な魅力《みりょく》にあっさり呑《の》みこまれただろう。

が……。

この場にいるのはライナだった。

この状況《じょうきょう》。これだけの話を聞かされてライナは、

「なるほど。シオンは王になりたいのか。でもなんかめんどくさそうだなぁ……悪いけど俺やっぱパス。あ、でももしシオンが王になったらさ、昼寝《ひるね》をたくさんした奴《やつ》が出世するような法律《ほうりつ》作ってくんない？」

あっさりと気だるげな声で言う。

その表情《ひょうじょう》は眠《ねむ》そうで、とろんとした黒い瞳には意志の強さなど微塵《みじん》も感じさせない。

まるで輝いてなかった。

例《たと》えるなら昼寝中の子犬か、昼寝中の子猫《こねこ》……

そんなやる気なしなし男に、シオンは肩透《かたす》かしをくらわされたように、しばらく驚《おどろ》いたような表情を浮かべていたが、

「ぷっ……あ、あははは」

突然《とつぜん》笑い出した。

「お、おもしろいよ。あはは。そうか。だから俺はおまえが欲《ほ》しいのかもしれないな。『複写眼《アルファ・スティグマ》』なんか関係なく……俺を見てもまったく反応《はんのう》をしない奴《やつ》なんて、おまえがはじめてだ」

「俺は男には反応しないようにできてんだよ」

するとシオンは急に意地悪そうな顔になり、

「興味《きょうみ》の対象は熟女《マダム》のみ？」

なんてことを言ってくるもんだから、ライナは憮然《ぶぜん》とした顔で、

「もう絶対《ぜったい》おまえの仲間になんかなんねー！」

「あはは」

シオンが笑った。

屈託《くったく》のない子供のような笑いだった。

ライナはそれを見て……

それから突然、ライナの目がシオンの背後《はいご》にいるものを捉《とら》えて……

「へ？」

それが起こったのは、そのときだった。

いつのまにかシオンの背後にいた、全身黒ずくめの服を着込んだ数人の男たちが、空間に、光の魔方陣《まほうじん》を描《えが》き始めている。

ローランドの魔法を学んだものなら、その魔方陣の描き方でなんの魔法を使おうとしているかすぐにわかっただろう。

それは、魔方陣の中央から追尾性《ついびせい》のある光線を放つという、強力な殺傷力《さつしょうりょく》を秘《ひ》めた魔法だった。

そしてその魔法は、ライナたちを目標に作製されていて……

「って、なんだこいつら」

ライナが言ったときには、すでにシオンは動いていた。

「やばい！　逃《に》げるぞ⁉」

すぐさまライナの襟《えり》をつかみ、引きずるようにして走りだす。

「わ、わわわ、わわちょ、痛《いた》いシオン痛い痛い痛いって⁉」

と、顔面を地面にこすりつけられながらライナが文句《もんく》を言うが、

「だったら自分の足で走れ！　追いつかれたら殺されるぞ⁉」

「え？　殺……って、なんで？　俺なんも悪いことしてないぞ？　ま、まさか最近昼寝は死刑《しけい》とかいう法律ができたとか⁉」

などなど、こんな状況でもまだ、緊張感《きんちょうかん》の欠けるライナの言葉は無視《むし》して、シオンが叫《さけ》ぶ。

「説明はあとでするからとにかく早く立ちあがれって⁉」

「はいはい」

言って、ライナはそのまま器用に両手で地面をぽんっと叩《たた》くと、シオンの走る勢《いきお》いを殺さないままに地面から跳《は》ね起きた。

学院では運動神経《しんけい》ゼロと思われている劣等生《れっとうせい》の動きとは到底《とうてい》思えない……

それを見て、シオンは苦笑いを浮かべてから、

「よしそこの角を曲が……」

言いかけた瞬間《しゅんかん》、二人の背後から強烈《きょうれつ》な光が放たれ……

二人は振り向いた。

光は当然魔法の光だ。あの正体不明の黒装束《しょうぞく》の男たちが放ったのであろう、光学殺傷魔

法『光燐《くうり》』。

シオンが叫んだ。

「ライナ飛べ⁉」

「うわわわわ⁉」

そして二人はなんとか、煉瓦《れんが》造《づく》りの家と家の細い隙間《すきま》に飛びこんだ。

瞬間。

強烈な光が弾《はじ》けた。激突《げきとつ》した家の煉瓦をあっさり消失させ、光の槍《やり》はそのまま突《つ》きぬけて家の中へと侵入《しんにゅう》していく……

とんでもない破壊《はかい》力だった。

相手を気絶《きぜつ》させようとか、脅《おど》そうとか、そういう手加減《てかげん》がなされたものじゃない。

あきらかに殺すつもりで放たれた攻撃《こうげき》だった……

ライナは呆然《ぼうぜん》とした表情で穴《あな》の空いた家の壁《かべ》をのぞきこんで、

「中の人にあたってませんように」

なんてことを言ってる間にも、事態《じたい》は勝手に転がっていく。

次々と声が聞こえた。

「シオン・アスタールはあの角に逃げ込んだぞ。追いかけろ！」

「逃《のが》したら俺たちが罰《ばつ》を受けるんだからな！」

「殺せ！　殺せ！」

それを聞いて、シオンが言った。

「巻《ま》き込《こ》んで悪かったな。そういうわけだ。いつもはちょっとした暴漢程度《ぼうかんていど》なんだが……今回は少しやばい。あれはプロだな……説明をいましている暇《ひま》はないが……」

それをライナは制《せい》して、

「いや、別に理由なんか聞く気もないけど、んで、どうするつもりだ？　倒《たお》すのか？　逃げるのか？」

するとシオンは一瞬だけ考えこんで、言った。

「ここで二手に分かれよう。追われてるのは俺だけなんだ。分かれればおまえは殺されない」

「あ、そうなんだ……んじゃ安心だな」

なんてことをあっさり言うライナに、シオンはまた苦笑《くしょう》して、

「っておまえ、少しは心配とかしろよ」

「心配？　シオンは成績《せいせき》ナンバーワンで、俺は最下位だぞ？　それに王様になるんだろ？　こんなことで死んでいいのか？」

するとシオンはにやりと笑った。

「おまえの言う通りだ。じゃあ、また明日学院で」

言ってから、路地《ろじ》から飛び出した。

敵《てき》を引きつけるように、

「俺はここだ。ついてこい！」

叫んで、走りだす。

それを見た黒装束の男たちが、

「いたぞ！　追いかけろ！」

「殺せ！　殺せ！」

そして……

その場にはライナが一人残された。

彼は周囲に誰《だれ》もいなくなったのを確認《かくにん》してから、路地から出て……

こんな状況《じょうきょう》でもまだ、まるで緊張感のない顔で大きくあくびし、

「明日早いのになぁ。これは眠《ねむ》くて授業《じゅぎょう》どころじゃないな……休も……」

気だるげな足取りでみんなが寝ている酒場へと戻《もど》っていった。

第二章　英雄《えいゆう》、美女と邂逅《かいこう》す

路地裏《ろじうら》の夜はまだ明けなかった。
背後《はいご》から迫《せま》りくる殺気《さっき》から逃げながら、シオンは必死に対策《たいさく》を立てていた。
「さあどうする。どうやってこの状況を打開しよう？」
全身に張《は》り巡《めぐ》らされる緊張《きんちょう》。
少しでも気を抜《ぬ》けば、すぐに死ぬことができる恐怖《きょうふ》。
「どうやってこの状況を打開すればいい？」
彼はうめくように言った。
敵《てき》は強かった。
さっき一度攻撃《こうげき》をしかけてみてわかった。
シオンが放った魔法はかわされ、格闘《かくとう》でも圧倒《あっとう》された。
一対一なら勝てる。それは間違《まちが》いない。
しかし、敵は六人いた。

手練《てだれ》が六人。それもおそらく殺しのプロだろう。戦ってみてわかった。どの攻撃も、躊躇《ちゅうちょ》なく急所を狙《ねら》ってきた。奇襲《きしゅう》攻撃でどうにかなるような相手でもない……

正攻法《せいこうほう》でぶつかっても勝てない。

ならどうする……？

殺されるのか？

「このままなんとか、夜が明けるまで逃げ切ることができれば……逃げ……」

しかし、そこでシオンは突然《とつぜん》、言葉を止めた。

走っていた足も止める。

と——

すぐに黒装束《くろしょうぞく》の男たちが追いついてきた。

突然立ち止まったシオンを見て、男たちが口々に言ってくる。

「へへ……ついにあきらめたか」

「てこずらせやがって……」

「ふひひ。さあ、楽にしてやるよ」

しかしそれでもまだ、シオンは男たちのほうを振り向かない。

「…………」

黙《だま》ったまま、目を細める。

「おうおう。恐《こわ》くてこっちを見ることもできないってか？」

男の一人が言った。

そこでやっと、シオンが口を開いた。

まるで、自分に言い聞かせるような声音《こわね》で、

「俺が逃げる……？　なぜ逃げなければならない？　本当に王になれる器《うつわ》なら、こんなところで死ぬはずがないじゃないか」

と、シオンは振り向いた。

淡々《たんたん》とした口調で、さらに続ける。

「ライナの言うとおりだ。王になるなら、こんなところで死ぬわけないな……むしろ貴様《きさま》ら程度……いや、貴様らの後ろで偉《えら》そうにふんぞりかえっている貴族《あにき》たち程度は、あっさり殺して踏《ふ》み越《こ》えられないとな……」

口調とはうらはらに、シオンの目は鋭《するど》く、体は低く低く、戦闘態勢《せんとうたいせい》に入っていく。

それを見て男たちが相手を馬鹿《ばか》にしたような笑みを浮かべて、

「またやるつもりか？　無理だよおまえには。色男さん」

下品な笑い声が響《ひび》いた。そして男たちは長く鋭いナイフを懐《ふところ》から取り出す。

しかしシオンは構《かま》わない。

体にため込んだ力をそっと解放《かいほう》し、
戦闘は始まった。

ものすごい速さでシオンは敵との間合いを一気に詰《つ》め、一人を殴《なぐ》りつけようとする。

が――

それをはばむように二人の男がシオンに襲《おそ》いかかってくる。

もしも目標の一人を殴りつければ、その隙《すき》をついてナイフを突《つ》き刺《さ》してくるだろう。

シオンはとっさに動きを止め、ナイフを振りかざして襲ってこようとした左の男に目標を変える。

ナイフを持った腕《うで》を取り、押さえ込んでから男のみぞおちに膝蹴《ひざげ》りを入れる。

「ぐあ⁉」

深く入った。

これで一人は戦闘不《ふ》能《のう》に……

と思った瞬間《しゅんかん》、後ろからの強烈《きょうれつ》な殺気を感じ、身をかがめる。

しかし一瞬遅《おそ》く、シオンの肩《かた》はナイフに切り裂《さ》かれてしまった。

「く……」

肩から鮮血《せんけつ》が飛ぶ。鋭《するど》い痛《いた》みが全身を走る。しかし、それを気にして動きを止めたら殺《や》られるだろう。

シオンは前方に転がって敵から距離《きょり》をとり、そのまま立ちあがりながら魔方陣《まほうじん》を描《えが》きはじめた。

これさえ完成すればなんとか同時に二人ぐらいは……

が――

「させるか！」

男二人がナイフを投げてきた。

シオンはとっさに魔方陣を作製する作業を解除《かいじょ》して、そのナイフを一つははたき落とし、もう一つは受け止めた。

これで武器《ぶき》を手に入れ……

と思ったのも束《つか》の間《ま》……

最初から格闘《かくとう》の間合いに入ってこようとしなかった黒装束の一人が、いつのまにか魔方陣を完成させている。

その魔方陣を見てシオンはうめいた。

雷撃《らいげき》の魔法『稲光《いづち》』だった。実戦組手の時間にキファがライナにうった魔法だ。しかし、今回の『稲光《いづち》』はあのときとは比《くら》べ物にならない。

訓練《くんれん》用じゃなく、真剣《しんけん》に魔法を放てば、術者《じゅつしゃ》の力量にもよるが、ローランドの魔法は圧《あっ》倒《とう》的な破壊力《はかいりょく》を秘《ひ》めているのだ。

直撃を受ければ、消し炭になってしまうだろう……

男が呪文《じゅもん》を唱《とな》える。

「求めるは雷鳴《らいめい》>>>・稲光《いづち》」

瞬間、魔方陣の中央に強烈《きょうれつ》な光源《こうげん》が生まれ……

とそのとき、シオンは持っていたナイフを魔方陣の中央へと投げつけた。

途端《とたん》、魔方陣に集まっていた稲妻《いなずま》の固まりが、金属《きんぞく》のナイフのほうへと光を放ち、そのまま光を帯びたナイフは魔方陣を描いていた男の肩に突き刺さった。

刹那《せつな》。

「ぎゃあああああああああ!?」

雷撃が炸裂《さくれつ》した。

強大な殺傷力《さつしょうりょく》を持った稲妻のエネルギーを体内に受けて、男は倒《たお》れ伏《ふ》す。

シオンはそれを確認《かくにん》してからにやりと笑って、

「これで二人……ぐあ」

言葉はそこまでだった。

突然《とつぜん》後ろから殴りつけられたのだ。

後頭部に強烈な衝撃《しょうげき》を受けて、シオンは膝《ひざ》をついた。いまのダメージで、足ががくがくと揺《ゆ》れて立ちあがれない。

「く、くそ」

シオンは地面に崩《くず》れ落ちるようにして振り向いた。

すると、そこにいたのは、最初にみぞおちに蹴《け》りをいれて昏倒《こんとう》させたと思っていた男だった。

その男は笑って、

「うひゃひゃ、遊びじゃないんだぜ色男。これは殺し合いなんだ。ちゃんととどめを刺しとかなきゃだめじゃないか」

それから、男は地面に落ちていたナイフを拾った。

いやらしい、下品な笑みを浮かべて言った。

「てこずらせやがって。じっくり痛めつけてやるからな」

そして男はナイフを振り上げ……

シオンは……シオンは動けなかった。

脳《のう》が揺らされてしまったせいで、体が思うように動かない。

ただ、思考だけはひどく冷めていた。

殺される？　こんなところで？　こんな薄汚《うすぎたな》い路地裏《ろじうら》で？　俺《おれ》が？

信じられなかった。すべてがひどく馬鹿《ばか》らしく思えて……

ナイフが振り下ろされてくるのが見える。

それもゆっくりと。

冷静だった。異常《いじよう》なほど冷静。

死が迫《せま》ってくるのがゆっくりと見えた……

ゆっくりと。

が——

シオンの目の前に、横から奇妙《きみよう》なものが突然あらわれた。細く長い、木でできた針《はり》のようなもの。それが、ナイフを振り下ろしてくる男の手をあっさりと貫《つらぬ》き、

「ぐぎゃあああああああ!?」

男が手を止めて叫《さけ》び声をあげた。

手を見て……自分の、長い針が刺さった手を見て、

「な、なんだこりゃあああ⁉」

叫ぶ。

と——

そこに声が響《ひび》いた。透《す》き通るような音色の女の声。

その声が、

「だんごの串《くし》だ。見ればわかるだろう？」

淡々《たんたん》としていた。

ひどく無感情で、人を突き放すような口調。

その声のほうへ、シオンも、そして男たちも一斉《いっせい》に顔を向けた。

そして……

全員同時に息を呑《の》んだ。

そこにいたのは、信じられないほどの美女だった……

艶《つや》やかな長い金髪《きんぱつ》に、切れ長の青い瞳《ひとみ》。異常なほど整った顔に、スタイルのいい華奢《きゃしゃ》な体を白と紺《こん》という清潔《せいけつ》な道着で包んでいる。腰《こし》にはなぜか帯剣《たいけん》しており、
そして手には……

まだだんごのついた串が二本あった……

それにときおり整った口をつける。

ただ、あまりに無表情《むひょうじょう》すぎるので、ものすごくまずそうに見えるのだが……

しかしそんな無表情も、これだけの美女になると神秘《しんぴ》的な雰囲気《ふんいき》という言葉一つで片《かた》づけられてしまうかもしれない。

そんな完全に感情の抜《ぬ》け落ちたような女は、この緊迫《きんぱく》した状況《じょうきょう》を見つめて、それからなぜか突然《とつぜん》顔を赤らめて、

「最近では……堂々と男が男を襲《おそ》う時代になったのか？　大胆《だいたん》だな」

『はぁ⁉』

瞬間《しゅんかん》、シオンと男たちは見事にハモって声をあげていた。

張《は》り詰《つ》めていた空気が一瞬緩《ゆる》む。

それから気をとり直して、手を貫かれた男が叫んだ。

「て、てめえがこの串を投げたのか⁉」

すると美女はそれにあっさりうなずいて、

「ああ。それはもう食べ終わったからな」

「そういうことを言ってるんじゃなぁい⁉」

男はさらに激昂《げっこう》する。

「てめえ!? こんなことしてただですむと思ってるのか!? んあ? 覚悟《かくご》しろよおい。へ、へへへ……めちゃくちゃにしてやるからな。なあ?」

と、男が仲間たちに言うと、他の男たちも下品な笑いをあげてそれに同意した。

しかし、そんな男たちの言葉を聞いても、この女はまるでたじろぐ様子がなかった。

いや、それどころかあっさりと、

「じゃあこい。相手をしてやろう」

そして彼女は剣《けん》を引きぬいた。

片手にはまだ、だんごを持ったままだった……

男たちがそれを見て怒鳴《どな》る。

「ば、馬鹿にしやがって!?」

「ぶっ殺してやる!?」

シオンを押さえつけている男を除《のぞ》いた者たちが一斉に彼女に襲いかかった。

シオンがそれを見て、叫ぼうとした。

「馬鹿! 逃《に》げろ!?」

が——

次の瞬間。

女の姿《すがた》が消えていた。

いや、消えたように見えるほどの高速で、女が動いていた。

直後。

彼女の持つ剣が閃《ひらめ》いたかと思うと、いつのまにか四人の男が地面に倒《たお》れ伏《ふ》していて……

「え……？」

それを見て、シオンを押さえつけていた男が間抜《まぬ》けとも言える声を漏《も》らす。

シオンも呆然《ぼうぜん》としてしまっていた。

シオンには見えたからだ。

彼女がだんごをぱくつきながら、信じられない速さで剣の腹《はら》の部分を次々と男たちの急所にたたき込んでいくのを……

いや、速いとか速くないとか、そんなレベルの代物《しろもの》じゃなかった。

目をこらしてなければ、姿さえも見えないのだ。

と――

男たちをあっさりうちのめした女は、振り返った。

金色の髪《かみ》がひるがえり、無感情だが美しい瞳がこちらを見据《みす》えて……

「で、まだ続けるか？　悪いがこの区画での犯罪行為《はんざいこうい》は課題で許《ゆる》すわけにはいかないのだ。

もし続けるというのなら……」

と、女はだんごがついたままの串《くし》をビシっと男に向けて言った。

「殺すぞ」

「ひぃ⁉」

効果《こうか》はてきめんだった。

男はシオンを離《はな》し、仲間も見捨てて逃げ去っていく。

しかしシオンはまだ、呆然《ぼうぜん》としていた。

この女は……

この女はあれほどシオンを圧倒《あっとう》した六人組の男たちを、あっさり撃退《げきたい》してしまったのだ。

それも、だんごを食べながら片手間に……

信じられないことだった。

シオンはこれでも、今年のローランド帝国《ていこく》王立軍事特殊《とくしゅ》学院のなかでは格闘《かくとう》でも魔術《まじゅつ》戦闘でもトップの成績《せいせき》を収《おさ》めているというのに……

なのにこの……

見た目の年齢《ねんれい》でいえば十六、七という、シオンとほとんどかわらないようなこの女には
……

まるでかなう気がしなかった。

もしも敵《てき》として対峙《たいじ》したら、瞬殺《しゅんさつ》されてしまうだろう……

まさに化物《ばけもの》だ。

そんな言葉が頭に浮《う》かんだ。

美しい神速の化物……

もしくは……

そのとき、あいかわらず無表情のままだんごをぱくつき続ける女が、突然空を見上げて呟《つぶや》いた。

「ん。もう夜が明けるな」

それにつられて、シオンも空を見上げた。

確《たし》かに空が白みはじめていた。

それを見て、シオンは目を細めた。

夜が……明けた。

死を覚悟《かくご》した夜が。

だが……

「やっぱり死ななかった……」

シオンはにやりと笑った。

そうだ。俺《おれ》は死ななかった。神が俺をここで殺さないのなら、やはり俺の天命はここにある。

そしてその天からの使いは……

彼は目を女に戻《もど》した。

とそのとき、雲の切れ間から偶然《ぐうぜん》射し込んできた朝日が彼女を照らしだし……

ただでさえ美しい艶《つや》やかな金髪《きんぱつ》がきらめいた。

その姿《すがた》は……

化物なんかじゃない。


女神か天使に見えた……


時は移《うつ》って翌日《よくじつ》の昼過《ひるす》ぎ。

いつものことだが、ライナは寝《ね》ていた。

というより今日一日寝っぱなしである。

ちなみにここはローランド帝国王立軍事特殊学院の教室。ライナはここに、キファに無理矢理引きずられて席につかされたものの、朝から四つの授業《じゅぎょう》と三つの休み時間の間、まったく目を覚《さ》ますことがなかった……

教官に質問《しつもん》されようが、怒《おこ》られようが、呆《あき》れられようが……まったく目を覚まさない。

いや、それもよくあることなのだが……

もしもキファがいなければ、ライナの出席率《りつ》はほぼゼロに近いと言っても過言《かごん》ではないかもしれない……

まあ、それはともかく。

昼休みになってやっと、死体のように寝っぱなしだったライナがお昼ご飯の時間になってやっと目を覚ました……

いつにも増《ま》して寝ぼけた目をこすりながら、大きく伸《の》びをして……

「んぁ……む〜ん。朝か……」

「昼よ！」

とりあえずキファが突っ込んだ。

「ってライナはもう……いいかげんもうちょっとまじめにやらないと、この学校追い出されちゃうわよ？」

「ん〜？　そりゃないだろう。俺は優秀《ゆうしゅう》だからなぁ……」

「ってどっからそんな自信が出てくるんだか……んもう馬鹿《ばか》なこと言ってないでさっさと食べちゃって。中身が入ってるとお弁当《べんとう》って重いんだから」

と言ってキファが弁当をライナに差し出す。

「ん」

ライナはそれを当然のような顔で受け取った。

その瞬間、クラスの男全員から、殺意の視線《しせん》が送られるが……ぼけぼけの本人はまるで気づかない……

実際《じっさい》のところは、ライナは朝も昼も、へたすれば夜もめんどくさがって食事をとらないことがあるので、キファが仕方なく用意してる……という名目なのだが……

キファが言った。

「どう？　美味《おい》しい？」

ライナが言った。

「ん。美味しい」

キファが輝《かがや》くような笑顔《えがお》で、

「ほんと？　よかったぁ!!」

続いてクラスの男たちが心の中で、

『ライナは確実《かくじつ》に殺しまくる！』

などなど、いつもどおりの平和な昼休みだった……

とそこで、シオンが教室に入ってきた。

シオンがいつものさわやかな声で、

「や。お二人さん。あいかわらず仲いいねー」

なんてことを言ってくるもんだから、キファが顔を赤くして、

「ちょ、な、なに言ってるのよ♡……んもうシオンってば、わ、私たちの仲なんて友達よね。うん友達……ねえライナ？」

とそこで、彼女はライナの顔をうかがう。しかしライナは無言。

それどころか、まるで瞑想《めいそう》しているかのように目を閉《と》じていて……

いや、というより……

「…………」

彼は寝ていた……

「ってなにまた寝てんのよ⁉」

「んぁ⁉　あ、寝てた」

「寝てたじゃなーい⁉　っていうか、ご飯食べながら寝るなんて、ちょっと最近のあんた、ツワモノすぎるわよ？」

「そうかな？　そんなにほめられると……」

「ほめてない⁉　皮肉！」

「ああ皮肉か」

なぜか納得《なっとく》してライナはうなずいた。それから一つあくびをして、やっとシオンの存在《そんざい》に気づく。

ライナとは対照的に、きっちりと整えられた銀髪《ぎんぱつ》に、活発な金色の瞳《ひとみ》。

それを見て、ライナが言った。

「なんだ。生きてたのか」

するとシオンが苦笑《くしょう》して、

「勝手に殺すなよ。それより、おまえも無事だったんだな」

「いや、そうでもないぞ。キファのせいで朝から授業《じゅぎょう》受けさせられて俺はもしかするともうすぐ死ぬかも……」

もちろんそんなたわ言はキファに殴《なぐ》られて遮《さえぎ》られるが……

それを見てシオンは笑い、満足げにうなずいて、

「まあ無事だったならそれでいい。じゃあ僕《ぼく》はそろそろお二人さんの邪魔《じゃま》をしちゃ悪いからいこうかな」

そう言って立ち去ろうとするシオンに、キファがまたあわてて、

「ってだからそんな気をつかわないでよ！　わ、私たちはそんな関係じゃないのに！　ね？　そうよねライナ？」

と、キファが振《ふ》り向く。

が——ライナはまた寝ていて……

キファの鉄拳《てっけん》が振《ふ》りあがった。

「ってあんたいい加減《かげん》に……!?」

しかしそこで、シオンがキファの手を押《お》さえてきた。

彼はライナを優《やさ》しげな顔で見て、それからキファのほうを向いて、

「キファ。ライナは昨日ほんとにあんまり寝てないんだよ」

「え？　そうなの？」

シオンがうなずく。

「ああ。昨日の夜、僕の野暮《やぼ》用に付き合ってもらってね。だからもう少し寝かせといてあげてくれないかな？」

「…………」

キファは黙《だま》り込《こ》んだ。いつも明るい顔が、少し気まずそうな表情《ひょうじょう》になって、それから
……

鉄拳は、平手に変わってライナの頭をぱしっとはたいた。

「え⁉」

それにシオンが驚《おどろ》く。

が、そんなことはおかまいなしにキファが強い口調で、

「それにしたって寝過ぎ！　昨日の夜男同士でごそごそなにやってたか知らないけど、ってことはシオンだって寝てないんでしょう？　なのにこの差はなに？　もうちょっと根《こん》性《じょう》見せなさいよ！」

キファは怒《おこ》っていた。

いつもは冗談《じょうだん》半分の目が、険《けわ》しく細められており……

それからなぜか急に少し寂《さび》しそうな顔になって、

「んもう……だいたいそれにそういうことは最初っから言いなさいよね……そしたらもう少し私だって……この馬鹿《ばか》ライナ……このこの」

それを見てシオンはほほえんだ。

「じゃ、僕はこれからいくところがあるから」

「あ、うん。今日の集まりは……？」

「僕は出られないから、適当《てきとう》にやっといて」

「わかった。みんなにもそう言っとくね」

「よろしく」

言って、シオンは教室を出ていった。


しばらく後。

シオンはだんご屋にいた。

理由はこうだ。

女神にだんごを催促《さいそく》されたから……

シオンは昨日の夜のことを思い出して、苦笑《くしょう》する。あのとき、シオンは女のあまりの美しさに見とれていた。光が射し、輝《かがや》くばかりの美貌《びぼう》を持った無表情《むひょうじょう》な女を……

と——

急に思い出したかのように女がシオンのほうを見て、言ってきた。

平坦《へいたん》な声音《こわね》で、

「犬は一度恩《おん》を受けると一生忘《わす》れないという」

「へ？」

美女が突然《とつぜん》言い出した言葉の意味がわからなくて、シオンは思わずそんな間抜《まぬ》けな声をあげた。

しかし、それにはまったく構《かま》わず女の言葉は続く。

「例《たと》えば犬が川でおぼれたとする。それを私が助けたとする。するとどうなると思う？」

「……いや……」

まだ女がなにを言いたいのかわからなかったが、わからないなりにシオンは答えた。

「……恩返しをするとか？」

すると女がうなずく。

「そうだ。犬はその恩を決して忘れずに、毎年三番地区のウィニットだんご店『おすすめ詰《つ》め合わせセット四番』を私に届《とど》けるようになる。犬は賢《かしこ》いな。だんご屋でエリス家の美人さんに届けてくださいと言えばちゃんと私に届くことを心得ているのだから」

なんてことを真顔のまま言う女に、シオンは呆然《ぼうぜん》とした。さっきの、驚異《きょうい》的な強さと美しさを見せつけられたときとは、また別の驚《おどろ》きで……

が、そんなシオンには構わず、女は無表情のまま満足げにうなずいて、

「そういうことだ」

ってどういうことだよ！　という突っ込みを入れる隙《すき》もなく、女はきびすを返し、すたすたと歩き去ってしまった……

そんなわけで、シオンはだんご屋で『おすすめ詰め合わせセット四番』を買った。

エリス家の住所やなにやを聞いたりはしない。

そんな必要はなかった。名前を聞いただけで、彼には彼女がなにものかがすぐにわかった。

エリス家。

代々ローランド帝国王《ていこくおう》の護衛《ごえい》を任《まか》されてきた名家。

大貴族《きぞく》だ。

別名を剣《つるぎ》の一族。

あくまで王の護衛を任務《にんむ》とし、戦争には参加しなかったためにその武名《ぶめい》はあまり知られていないが……

一部の貴族の間では有名だ。

彼らが最強だと……

城内《じょうない》に巨大《きょだい》な道場を構え、名の通った貴族たちの間ではエリス家の道場に通うのが一種の名家の証《ステータスバリュー》みたいになっている。

出入りできるのはほんとうに一部の、ものすごく身分の高い貴族だけなのだが……

シオンは目の前に建つ、周囲にある建物とは少しおもむきのことなる装飾《そうしょく》や洒落《しゃれ》っ気《け》のまったくない、荘厳《そうごん》な石造《いしづく》りの大きな建物を見上げた。

そして呟《つぶや》くように言う。

「なるほど。俺《おれ》みたいな両親すらいないことになっている妾腹《しょうふく》の三流貴族には、関係ない場所だな」

申し訳程度《わけていど》に貴族の称号《しょうごう》だけ与《あた》えられている自分には……

そこまで考えて、シオンは笑《え》みを浮《う》かべた。鋭《するど》い笑みだった。自分の境遇《きょうぐう》を恥《は》じたり、嘲《あざけ》ったりするようなものではなく、むしろ誇《ほこ》らしげな笑み……

自分が立たされている立場がひどく微妙《びみょう》なことはわかっている。まだ顔も見たことのない兄たちは、身分の低い女の子供は恥《はじ》だとばかりに、彼を殺そうとここのところ次々刺客《しかく》を送りこんでくる……

ってことは……好かれちゃいないだろう。そんなことはわかってる。だからいままでは、なるべく貴族が集まるような場所には近寄らなかったのだ。

理由はいくつもある。

一つはただ単に、貴族ということだけで偉《えら》いと勘違《かんちが》いしている連中が鼻持ちならなかったから。

もう一つは、貴族たちの中に入っていては、貴族の息のかかっていない、有能《ゆうのう》な人材を集めることができないから。

そして最後の一つは、奴《やつ》らに自分の野心を気づかせないため……

貴族のテリトリーに近づいて、自分が求めているものに気づかれれば兄たちに警戒《けいかい》される。それはまずい。

全力で叩《たた》かれたら、いまはまだ対抗《たいこう》できない……

兄たちは自分と違って、生まれながらに大きな力を持っているのだから。

ひどく強大な力。

この国では二番目に大きな力。

兄たちとシオンは、ローランド帝国王の子供《こども》だった……

しかしシオンは持つべき権力《ちから》なく生まれた。身分の低い女の子供だから。王が一瞬、戯《たわむ》れただけの女の子供だから。

いや、貴族たちが、彼の顔を見るたびに口にした言葉で言えば……

『小汚《こぎたな》い犬の子供』

母にはそのとき、夫がいた。しかし王に見初《みそ》められ、無理矢理《むりやり》奪《うば》われ、シオンを宿し、そして捨《す》てられた……

あげくにシオンの母は、小汚い犬と呼《よ》ばれるのだ。それを苦に自殺しても、誰《だれ》も悲しまないのだ。犬が一匹《ぴき》死んだところで、誰一人彼女の葬儀《そうぎ》にはやってこなかった。

だから彼は王の顔を知らない。兄たちの顔を知らない。

ただ、生まれたときから敵意《てきい》と嫌悪《けんお》と殺意だけを感じる。

しかしシオンは……

それを楽しいと思った。

おもしろいじゃないか。やってやる。貴様らがそう思うなら、貴様らを叩き潰《つぶ》して生き残ってやる。俺《おれ》の前に立ちはだかる奴らは、全《すべ》て叩きのめしてやる。

そのためにはもっと力がいる。

政治力。軍事力。綺麗《きれい》なことも汚いことも全てひっくるめて。

もっと、もっと、もっとだ。

彼はもう一度、まわりを見まわす。

巨大《きょだい》な城内《じょうない》には、貴族が住む瀟洒《しょうしゃ》な建物が溢《あふ》れている。

ここは貴族のテリトリーだ。彼を嫌《きら》い、殺そうとする貴族たちのテリトリー。

だが、彼はもう恐《おそ》れない。

力を手に入れるためなら、あえて貴族のテリトリーにも入ろう。

あれだけの力を手に入れるためなら……

シオンはここに訪《おとず》れる前に、事前に調べた情報《じょうほう》を頭に浮かべた。

昨日出会ったあの美しい女は、貴族名鑑《めいかん》によると、フェリス・エリスと言うらしい。

「フェリス……エリス……」

言葉に出してみる。

彼女も貴族だ。

だが、シオンは彼女が欲《ほ》しいと思った。あんなに綺麗《きれい》な生物を、シオンは見たことがなかった。

彼の前にはいま、巨大な門がそびえている。

エリス家の門。

表舞台《ぶたい》には決して立たない、神秘《しんぴ》的な一族が住まう場所。最強と称《しょう》される剣士《けんし》を生み出し続ける名家。

この先にはいったいなにがあるのだろうか……？

シオンはためらわずに、門を叩いた。

「フェリス・エリスさんにお礼の品を届《とど》けにあがりました」

すると。

なんの警戒もなしに、門が音もなく開いた。

中には道場へと続く道が延《の》びており、それをはさむように広がっている庭園は綺麗に整えられている。

普通《ふつう》だ。

貴族の住まいとしてはどこか質素《しっそ》な印象があるが、別段《べつだん》特別にかわったところがあるわけでもない。

なのに……

シオンは表情を引き締《し》めた。

門の先はなぜか……

重く、暗く、深い闇《やみ》が広がっているかのように感じた。

シオンが通されたのは、向かいの壁《かべ》が見えないほど広大な規模《きぼ》を持った道場だった。

いまは誰もいない道場。これだけ巨大なのに、物音一つしないその様子は、どこか荘厳《そうごん》な雰囲気《ふんいき》を持っていた。道場は全面板張りになっており、ほこり一つ落ちていない。

案内役の老執事《しつじ》がその道場の入り口まで彼を案内すると、

「道場では靴《くつ》をお脱《ぬ》ぎください。ではわたくしはこれで……」

と去ろうとするので、シオンはあわてて引きとめた。

「いや、その。僕《ぼく》はフェリスさんに会いたいんですが……ここには誰《だれ》もいないみたいで……どうすればいいんでしょうか？」

すると、老執事は一度シオンの顔を見てから、

「シオン・アスタール様。エリス家に初めて訪《おとず》れたお客様は、まず当主様に会っていただく決まりになっております。それがたとえフェリス様のお知り合いでも……さあ、道場にお入りください」

「え……？　でもこの道場には誰も……」

シオンは言いかけて、しかしそこで言葉を止めた。突然《とつぜん》、道場の中から巨大な気配を感じたから……

「な……!?」

その気配は、いままでシオンが感じたどんなものとも違っていた。

獣《けもの》の殺気《さっき》。

そんなレベルじゃない。その強烈《きょうれつ》な圧迫《あっぱく》感は、悪魔《あくま》の殺気と言ってもいいかもしれない。

人間のものとは到底《とうてい》思えなかった。

しかしそれと同時に、吹《ふ》けばすぐに霧散《むさん》し、消えてしまいそうなほどの静けさと、全《すべ》てを見透《みす》かすような冷たい気配が入り混《ま》じり……

シオンは混乱《こんらん》した。体がすくんで、道場の中を再《ふたた》び見ることができなくなった……

な、なにが棲《す》んでいるんだここには……？

と――

老執事が言った。

「当主様です。フェリス様のお兄様にあたります」

シオンが顔をあげると、道場の中にはいつのまにか一人の男が姿勢《しせい》正しく座《ざ》していた。

さっきは間《ま》違《ちが》いなく誰もいなかったはずなのに……

いや違う……

シオンにはわかった。

最初からいたんだ。しかし、シオンに見えなかっただけ。この男が見られたくないと思ったから、シオンには見えなかった。

このエリス家の当主にとっては、ただそれだけのことなのだろう。完全に気配を消し、人の意識《いしき》からすら姿《すがた》を消す……

「く……」

シオンは冷《ひ》や汗《あせ》が背中《せなか》を伝うのを感じた。

目の前で静かに正座している男を見て……

長くはないが、フェリスと同じ金色の髪《かみ》。穏《おだ》やかに閉《と》じられたままの目に、信じられないほど整った顔。やはりこの男も白と紺《こん》という道着を身にまとっている。

彼のまわりに漂《ただよ》う雰囲気は静謐《せいひつ》。

年はシオンより少し上くらい……二十歳《はたち》くらいだろうか？

なんの訓練《くんれん》も受けてないものが彼を見れば、物静かな好青年に見えるかもしれない。

だがこいつは……

と、その男が、澄《す》んだ、それでいてなぜかこちらの不安をかきたてるような危《あぶ》なげな声で言ってきた。

「挨拶《あいさつ》が遅《おく》れましたね。私は現在《げんざい》エリス家の当主をやらせてもらっているルシルです。君が……フェリスの友達ですか？　ん。お土産《みやげ》を買ってきてくれたようですね。フェリスが喜ぶ」

あわててシオンは姿勢をただして答えた。

「あ、はい。友達というわけではないんですが、昨晩、フェリスさんに助けられて……シオン・アスタールと申します」

「助けられて？　ああ。フェリスはちゃんと課題《かだい》をこなしているようですね」

「課題？」

シオンは思わず聞き返した。そういえば、フェリスもそんなことを言ってたような……確《たし》か、

「この区画での犯罪行為《はんざいこうい》は課題で許《ゆる》すわけにはいかないのだ」

とかなんとか……

シオンがさらに聞く。

「それってどういうことなんですか？」

するとルシルが答えた。

「どうということでもないんですが。あの子がここのところ暇《ひま》そうだったので、あの地区での傷害《しょうがい》や暴行《ぼうこう》などの犯罪を一定期間ゼロにしろという命令を与《あた》えておきました」

「ゼ……ゼロですか……？」

シオンが聞くと、ルシルはあっさりうなずいてから、

「そんなことより、シオン君。順番が逆《ぎゃく》になってしまいましたが、ようこそエリス家へ。君はおもしろい人だな。なるほど。いいでしょう。私たちは君を歓迎《かんげい》します。フェリスに会わせてあげましょう」

「え？　おもしろい？　えっと、よくわからないけど、気に入られたのかな……？」

すると、ルシルがにっこり笑った。

そしてその、笑顔《えがお》のまま……

突然《とつぜん》ルシルの全身から殺気が吹《ふ》き出した。

シオンに向かって。

「くぅ……」

とんでもない圧力《あつりょく》だった。気を抜《ぬ》いていれば、心の力だけで殺されてしまいそうだった。

膝《ひざ》ががくんと崩《くず》れかけて、必死にこらえる。

動けなかった。いや、指先一つ動かなかった。動けば殺される。

間違《まちが》いなく殺される……

そんなシオンを、ルシルは目を閉《と》じたままの顔でにこにこと笑いながら言ってきた。

「ほら……君はやはりおもしろい。いま君がどんな顔をしているか気づいていますか？」

シオンはルシルをにらみつけてうめいた。

「な、なんのことだ？」

口調が本来のものに戻《もど》ってしまっていた。いや、本性《ほんしょう》を引き出されたと言ったほうがいいだろう……

それもあっさりと。

ルシルがさらに続ける。ひどく楽しげに、

「君は私を見て笑っている。私がその気になれば、君を……君が気づく前に殺すことができるということを理解《りかい》しているのに、君は私を見て笑った。恐《おそ》れなかった？　それは違う。君は私を恐怖《きょうふ》した。圧倒的《あっとうてき》な死を恐れた。しかしそれ以上の感情が君の中にある。なんでしょう。それはなんでしょう……」

一瞬《いっしゅん》思考するようにルシルは言葉を止めた。それから、

「ああそうか。君は私が欲《ほ》しいんだ。いや、全《すべ》てが欲しいんだ。そういう目をしている。君が望むものはこの国の……」

「な……」

シオンは思わず目を見開いた。全て見透《みす》かされていた。

なんだこいつは……

だが、本当に見透かされているなら、ここで確実《かくじつ》に殺される！

エリス家は代々、王の護衛《ごえい》が任務《にんむ》なのだ。

シオンは戦慄《せんりつ》した。その圧倒的な死に。

その禍々《まがまが》しいばかりの圧力に。

とそこで、ルシルが立ちあがった。やはり顔には、貼《は》りついたような笑みが浮かんでいる。

恐怖だった。あまりの力の差に、動けなかった。

ゆっくりと、しかし確実にルシルは近づいてくる。

ルシルが言った。

「違うな。君が望んでいるのはさらに先だ。ずっとずっと先。君は本当におもしろいよ。いま殺しておこうか。それとも生かしておこうか。どちらなんだろう。殺すか、生かすか。それはいま、全て私の手の上にある……は、ははは、は」

笑顔だった。ずっと笑顔。

シオンは動けない。

そっと手が差し出された。男のものとしては細く、華奢《きゃしゃ》な手。

その手には、死が宿っていた。

それがシオンの首筋《くびすじ》に触《ふ》れ、顎《あご》を持ちあげて……

とそのとき、

「おい」

聞き覚えのある、平坦《へいたん》だが綺麗《きれい》な声が響《ひび》いた。

「私のだんごになにをする気だ？」

口調を聞くだけでわかる。フェリスだった。

瞬間《しゅんかん》、ルシルの顔に浮かんでいた笑みが突然《とつぜん》消えた。彼はフェリスへと顔を向け、

「フェリス。昨日君が助けたシオン君がだんごを持って遊びにきてくれたよ」

「それは知っている。だが兄様はいまなにをしようとしていた？」

「ふむ。男同士にはいろいろあるんだよフェリス。本当に聞きたいのかい？」

「な……お、男同士……？」

フェリスはそこで、なぜか急に顔を赤らめて言った。

「…………あえて聞かないでおこう」

「っておーい⁉　なんか誤解《ごかい》してないか⁉」

シオンはここでやっと体の緊張《きんちょう》を解《と》いた。ルシルからの殺気は嘘《うそ》のように消えていた。

触れられていた首から上を除《のぞ》いて、全身汗でびっしょりと濡《ぬ》れていた。

そんなシオンに、ルシルがさっきとは違う、穏《おだ》やかな微笑《びしょう》を浮かべて小声で言ってきた。

耳元で、囁《ささや》くように……

「君は生き残った。それが君の力だろう。ならばもう私は二度と手を出さない。フェリスと仲良くしてやってくれ。ああ見えて、両親を早くに亡《な》くしたせいか、寂《さび》しがりやなんだ」

そんなことを言ってから、ルシルはフェリスのほうを向いて、

「フェリス。課題《かだい》はきちんとこなしているようだね。そろそろ次の課題へとステップアップしてもいい頃《ころ》だと思うんだけど、どうだろう？」

するとフェリスが、

「最近思うのだが兄様。兄様は自分がおもしろいと思ったことをなんでも課題にして私に押しつけているような気がするのだが……」

「なにを言うんだ妹よ。これは全《すべ》て、エリス家に伝わる修行《しゅぎょう》じゃないか。私を信じないのか？」

「……………信じないと言ったらどうなる？」

「おまえは死ぬかもな」

「………………」

あっさりだった。あっさりルシルはそんなことを言い放つ。

フェリスは無表情《むひょうじょう》のまま、兄を見つめて、

「いまおまえ本気で言っただろ」

「私はいつも本気だよ」

「…………………で？　次の課題はなんだ？」

と、ルシルはシオンを指さし、

「これからしばらく、シオン君の手助けをしろ。彼のまわりにいればいろいろと修行になりそうだしな」

なんてことを突然言ってくるから、シオンは思わずルシルを見た。

「え？　それってちょっと……」

「なんだ？　君は不満か？」

「いや、そんなことはないですが……」

それどころか願ってもない話だった。なんとかフェリスを仲間に引き入れたいと思っていたのだ。それがこんな形であっさり手に入るなら……

しかしフェリスはどう思ってるんだろう？

シオンはあいかわらず無表情《むひょうじょう》なフェリスを見た。

彼女もシオンを美しい瞳《ひとみ》で見つめ、それからため息を一つついてから、

「仕方ないな」

そうして、フェリスがシオンの仲間に加わったのだった……

しばらく後……

シオンは一人、庭園へと連れてこられていた。

ルシルは瞑想《めいそう》をはじめると言った瞬間《しゅんかん》には、恐《おそ》ろしいことに姿《すがた》が掻《か》き消えており、フェリスはといえばそんなことにはまったく驚《おどろ》かない表情で、

「爺《じい》に庭園を案内してもらっておけ。私もすぐにいく」

言われるまま、シオンは庭園の長椅子《ながいす》に座《すわ》っていた。

そのまま、周囲を見まわしてみる。

綺麗《きれい》に整えられた庭園。

見事なまでに手入れされた木々の間から射《さ》すあたたかい陽光がシオンを照らし、どこかからか聞こえる水のせせらぎと、ときおり響《ひび》く鳥の声が、くつろいだ気分にさせる。

このまま、眠《ねむ》りたいな。

そう思った。

昨日が寝不足だったせいか、それともあの、ルシルとかいう化物に気圧《けお》されたせいか、

ひどく疲《つか》れていた。

空を見上げ、少しの間目を閉《と》じる。

と——

「だんご隠《かく》して姉様をいじめてるのはおまえかぁ！　隠さないで早くだんごよこさないとあたしが承知《しょうち》しないぞ！」

突然《とつぜん》怒鳴《どな》りつけられて、シオンは体を起こした。

そして声のした方向を見る。

とそこには、フェリスに手を引かれた、六、七歳くらいの少女が彼を見つめていた。フリルのたくさんついた、ドレスのようなもので身を包んでいる。

やはりこの子も綺麗な金髪《きんぱつ》に、将来はどうやったって美人になるであろう整った容姿《ようし》。

まだあどけなさは残るが……一目でわかった。

おそらくフェリスの妹かなにかだろう。ってことはこの子が言った姉様とは当然フェリスのことで、ってことは……

シオンは苦笑《くしょう》して、

「君をいじめる？　誰《だれ》が？」

するとフェリスはそれを無視《むし》して、

「見たかイリス。あの意地悪そうな顔。私をいじめておいて、その上平気でしらばっくれる。ああいう大人になってはいけない」

それにイリスと呼ばれたぷちフェリスがうんうんうなずいて、

「見た。あたし見ちゃった。だんご隠してるってイリス知ってるんだもん。あいつが持ってるあの箱、だんご屋さんの箱だもんね姉様。イリスちゃんと知ってるんだから」

「偉《えら》いなイリスは。そうだ。あいつは私からだんごを奪《うば》ったあげく、だんごが欲《ほ》しくば俺《おれ》の手伝いをしろなどと言っている。どう思う?」

「最低!」

「そう。最低だ。人にものを頼《たの》むときはどうすればいいんだったかな?」

「ウィニットだんご店! 犬さんも買いにいくんだよね!」

イリスは迷《まよ》いなく答えていた。

フェリスは無表情のままだが、どこか満足げな表情でうなずいて、

「どうだシオン。子供でもわかることだ。で、おまえはどうするべきだと思う?」

シオンは言われてため息をついた。

「もう一セット詰《つ》め合わせを買ってくればいいのかな?」

が、フェリスは首を振って、

「二セットだ。私一人でおまえのごたごたに付き合うのは面倒《めんどう》だからな。イリスにも手伝わす。どうせ、おまえの抱《かか》えている問題は、あのおまえを襲《おそ》ってきていた連中との問題なのだろう？　私一人では尾行《びこう》するにしてもなにをするにしても、手が足りないからな。そういうわけだイリス。私の手伝いをしてくれるか？」

「うん！　あたし手伝うよ！　あたし知ってるもん。姉様の言うことにさからったら、神様が怒《おこ》って手足をねじりとっていっちゃうんだよね？」

なんて、ちょっとグロいことを輝《かがや》くばかりの笑顔で言うイリスを見つめて、シオンは肩《かた》をすくめた。

「いや、だけどちょっと待てよ。詰め合わせセットを買ってくるのはいいが、本気でこんな小さな子に手伝わせるつもりなのか？」

「ん？　問題があるか？」

「いや、普通《ふつう》に考えたら問題ありまくりだろう。第一危険《きけん》だし」

「危険？……ふむ」

フェリスがうなずき、それから少し考えるように黙《だま》りこんでから、イリスの頭にポンと手を乗せた。そしてその手にじゃれつくようにしているイリスに言う。

「イリス。あのいじわるなお兄ちゃんがおまえのことを馬鹿《ばか》にしているぞ」

「え！　ほんと？　なんて？」

「おねしょの癖《くせ》もまだなおらないガキんちょなどと言っている」

瞬間《しゅんかん》、イリスの顔が蒼白《そうはく》になった。

「嘘《うそ》⁉　な、なななななんであいつそんなこと知ってるの⁉」

「悪者は人の弱みを握《にぎ》るのがうまいからな。だがどうするイリス。秘密《ひみつ》を知られたらどうするんだった？」

と——

途端《とたん》にイリスの表情《ひょうじょう》が険悪《けんあく》なものにかわった。

シオンをにらみつけ、

「秘密を知られたら……即抹殺《そくまっさつ》！」

「そうだ。いけ」

「うん！」

刹那《せつな》。

イリスがとんでもない速さでシオンに突進《とっしん》してきた。

「ちょっと待……」

シオンの言葉はそこで止まった。

超高速《ちょうこうそく》で迫《せま》ってくる、小さな足から繰《く》り出される回し蹴《げ》りをなんとか身を反《そ》らしてかわし、続いて流れるように放たれる拳打《けんだ》を受け止めてから、シオンは弾《はじ》けるように後方へと跳《は》ねて、イリスから間合いをとった。そして相手を見据《みす》える。

目の前を、子供とは思えないほど軽快《けいかい》なステップで動き回るイリス……

「まじかよ……」

シオンはうめくように言った。

それにフェリスが淡々《たんたん》とした口調で言ってきた。

「どうだ？　見たところ、体術《たいじゅつ》だけでいえばイリスはおまえに迫るようだが。これでも役に立たないか？」

シオンはあっさり首を振《ふ》って、

「まいったよ。イリスちゃんにも手伝ってもらおうかな」

「ん。イリスやめろ。お兄ちゃんはおまえが大人だってわかったようだ」

「え？　ほんと？　お、おねしょなんかイリスしないよ？」

シオンはぎこちない微笑《びしょう》を顔に浮かべてうなずいた。

「そんなことわかってるさ。イリスちゃんはもう大人だもんね？」

すると、イリスはまた、輝くような笑顔で、

「うん！」

大きくうなずいた。

それとは対照的に、シオンはため息をつく。

まだ幼《おさな》い、こんなかわいい少女が、あたれば首の骨《ほね》ごともっていかれそうなほどの蹴りを放つのだ……

かなわない。

自分が進むべき方向には、やはり戦闘《せんとう》はないのだ。直接的《ちょくせつてき》な強さじゃなく、総合《そうごう》的な強さを求めなければならない。

「ま、最初からわかってたことだけどな……さて、じゃあ、イリスちゃんも交《まじ》えて、少し自己紹介《しょうかい》でもしようか。これから手伝ってもらうことには、僕《ぼく》のことをわかっててもらわないといけないからな」

そしてシオンは、説明をはじめた。

自分はある高名な貴族《きぞく》の子供《こども》であるということ。しかし妾腹《しょうふく》であるということ。

そして顔は知らないが、おそらくは何人かいる兄や姉の中の、誰《だれ》かが自分を殺そうとしているということ。

誰が敵《てき》なのか、とりあえずはそれを見極《みきわ》めたいということ。

全《すべ》てを話すわけじゃない。いや、話せるわけがない。相手はあのエリス家なのだ。何度も言うが、エリス家は王の護衛《ごえい》をし続けている家系《かけい》である。そんな相手に、自分の素性《すじよう》を明かして、なおかつ兄たち……王の子供たちとやりあうなんてことを言うわけにはいかない。

たとえシオン自身が王の息子《むすこ》の一人だとしても……

だが、言う必要はないのだ。

どうせ、シオンを殺そうと刺客《しかく》を放っているのは、兄たちじゃない。兄たちは絶対《ぜったい》にそんなことはしないだろう。自分たちの手は絶対に汚《よご》さないのだ。

おそらくシオンを殺すための刺客を直接雇《やと》っているのは、兄たちにこびへつらっている貴族ども……

「とりあえずは、そいつらの居場所《いばしよ》だけでもつかめれば……」

ひとしきりシオンが説明を終えると、じゃれついてくるイリスを無表情のまま左手一本だけであやしていたフェリスが、

「で、その調査《ちようさ》を私たちにやれと？」

「できるか？」

「ん。難《むずか》しいな。第一情報《じょうほう》が少な過《す》ぎる。変態秘密主義《へんたいひみつしゅぎ》のシオンは、その高名な貴族とやらの名前も私たちに明かそうとしないしな。闇雲《やみくも》に居場所を探《さぐ》れと言われても、不可能《ふかのう》だ。だがしかし……やらなければ兄様に殺されるしな……となると……」

そしてフェリスはうなずいた。

「明日からおまえに監視《かんし》をつけよう。おまえのまわりで不審《ふしん》な動きをしている奴《やつ》のあとをつける。監視役はイリスだ。おまえは明日からイリスに監視され続ける。朝も昼も夜もトイレも風呂《ふろ》もベッドの中もだ……ふむ。これはイリスにとってもいい勉強になるな。いかに男が野獣《やじゅう》なのか……そして男に絶望《ぜつぼう》したイリスは永遠《えいえん》に私の奴隷《どれい》として……ふふふ」

本気なのか冗談《じょうだん》なのか無表情なのでいまいちわからないが……そんなことを淡々《たんたん》と言うフェリスに、

「奴隷って一番よい子のことなんだよね姉様？　イリス知ってるよ。イリス姉様の奴隷だもんね！」

イリスはイリスで、かわいらしいことを言っていたりする。

シオンはそんな二人を眺《なが》めてから苦笑《くしょう》して、

「じゃあ、とりあえずそれでやってみようか」

そうして計画は始まったのだった。

第三章　終わりを告《つ》げる平穏《へいおん》

「ねえライナ」

「ん～？」

「最近さ、シオンの顔色悪いと思わない？」

「そうかなぁ？　あんま見てないからわかんないや」

「ってあんた、毎日班《はん》の集会で顔合わしてるじゃない！」

「実は……いままで秘密《ひみつ》にしてたけど……俺《おれ》、集会いつも寝《ね》てるんだ……」

「そんなこと知ってるわよ！　それに秘密どころかあんた一日中寝てるじゃない！　って、いまはそういうことじゃなくて、とにかく顔色悪いのよ。シオン、なにか悩《なや》み事でもあるのかしら？」

「どうだろね」

「って、仲間が悩んでるのよ？　気にならないの？」

「う～ん。悩みがあるからって、俺らが立ち入る問題じゃないだろ？」

「え？　あ、いやそれは……そうだけど……」

「そんなんで助け求められても男の頼《たの》みなんてめんどいしさ、眠《ねむ》いしさ、だるいしさ」

「って⁉　そっちが本音《ほんね》か⁉　ああもう！　一瞬《いっしゅん》でもライナがまともなこと言ったとか思って少ししゅんってした私が馬鹿《ばか》でした⁉」

そんな会話を、ライナとキファは班ごとに与《あた》えられている狭《せま》い集会部屋でしていた。

本当に狭《せま》い部屋。総勢《そうぜい》六人の班のメンバーが入ると満員になってしまうようなこの部屋で、二人は大声でそんなことを言いあっている。

その話題の当事者、シオン本人が、その部屋にいるにもかかわらず……だ。

まあ、この二人の会話は、いつもこんなふうにまわりのことなどお構《かま》いなしなのだが……

シオンはそんな二人の会話に苦笑して、

「なるほど。僕《ぼく》はいま、そんなに顔色が悪いかい？」

シオンを囲むように席についているタイルやトニー、ファルに聞いた。

すると三人は一様にうなずいてから……

タイルが言った。

「どうしたんだよシオン。ほんとになんか悩み事でもあんのか？」

続いてトニーが、

「我々《われわれ》に解決《かいけつ》できる問題なら、相談してもらえたほうがこちらとしても気疲れしなくてすむのだが」

最後にファルが、なぜか目を輝《かがや》かせて、

「そうですよぉ。悩みって恋《こい》じゃないんですか？　恋ですか？　恋でしょ？」

そしてそれとは少し離《はな》れた場所で、

「あ！　おまえキファ！　殴《なぐ》ることないだろう⁉」

「なによ！　だいたい男の顔色なんかには興味《きょうみ》ないってことは、女の子のことばっかり見てるってことじゃないの⁉」

「んなこと俺は言ってないだろ！　っていうか、むしろ男の顔色ばっかり見てるおまえのほうが男好……ってぎゃあ⁉　痛《いた》い痛い⁉　首の骨折れるって⁉　負け負け俺の負けだから助け……あう」

そんないつもの夫婦漫才《めおとまんざい》はとりあえずほうっておいて、シオンはタイルたちに、

「いや、最近少し寝不足なだけだよ。ここ一か月ほど、あんまり寝てなくてな……でもそれももう終わるから心配することは……」

言いかけたところで、シオンの言葉を遮《さえぎ》ってファルが、

「恋人ができたんでしょ？　恋人ができたんでしょぅ？　いやぁん。だから毎日寝不足♡」

この子の頭の中には、恋愛話《れんあい》しかないのだろうか……？

瞬間《しゅんかん》、タイルがなぜか険悪《けんあく》な表情《ひょうじょう》に変わって、

「まじかよシオン⁉　俺たちに黙《だま》ってそんな抜《ぬ》け駆《が》けを？　どうするトニー⁉」

「許《ゆる》すわけにはいかんな。裏切《うらぎ》り者には死を！」

トニーがぼきりと拳《こぶし》をならす。

そんな会話。

なにやら変に誤解《ごかい》されて、危険《きけん》が迫《せま》っているようだ。

いや、これもいつものことなのだが……

「あはは。違うよ。いろいろ事情《じじょう》があってな。でも、心配かけたみたいだね。そんなに顔色悪いか。それじゃあちょっと僕は顔を洗ってくるよ」

シオンは殺される前に、適当《てきとう》に言い訳して、席を立った。

部屋のすぐ外にある水場で、顔を流して、眠気《ねむけ》を覚《さ》ます。

「ふぅ。しかしこんな眠れない日がずっと続くと、ちょっときついよなぁ……」

一人呟《つぶや》きながら、彼はここのところ毎晩《まいばん》の出来事を思い出してため息をついた。

夜、まったく眠れなくなってしまったのは、あの日の夜からだった……

その日は確《たし》か、深夜まで図書館で調べものをしていたシオンは、寮《りょう》の個室に帰ると、すぐにベッドに横たわった。

そしてそのまま、眠りに入ろうとしたところで、突然《とつぜん》！

ゴトン。

部屋の天井《てんじょう》から物音がした。なにかが動いたような音。

それは、温度差による木のきしみの音などとは違う、大きな音だった。

シオンはすぐさま身を起こして、天井を見据《みす》えるが、なんの変化もない。

しかし……

そこにはいま、あきらかになにかの気配が潜《ひそ》んでいた。シオンは身構《みがま》える。

なんだ？　誰《だれ》かいるのか？　部屋に入るときは、気配をまるで感じなかったのに……

また刺客《しかく》か!?

「くそ」

シオンは思わずうめいた。

今度の刺客は、こんな狭《せま》い部屋の中でも、相手にまったく気取られないほど気配を断《た》つことができるのだ。

前の刺客よりもさらに強敵《きょうてき》。

前の刺客は、一対一でならどうにでもなったが……

今回の相手は……

それも今回は、学院内の寮に直接攻撃《ちょくせつこうげき》を仕掛《しか》けてきている……

敵もなりふりかまわなくなったということか……

「いいだろう」

シオンはここにきて、にやりと笑った。全身を緊張《きんちょう》させ、戦闘態勢《せんとうたいせい》に入って……

とそこで、ゆっくりとはめこみ式の天井の板が外《はず》れ、
そしてそこから、突然一人の少女が顔を出した。

その少女が、元気いっぱいな声で、

「じゃーんイリスちゃんでしたー」

「………………」

シオンは無言だった。しばらく呆然《ぼうぜん》とし、それから脱力《だつりょく》して、

「はぁ……そうか。イリスちゃんか。そりゃ気配を断つくらい楽勝だよなぁ……」

戦闘態勢に入った反動で、どっと体に疲労《ひろう》を感じながら、シオンがベッドに再《ふたた》び腰《こし》を下ろして呟《つぶや》いた。

しかし、そんなことはおかまいなしに、イリスが輝《かがや》くような笑顔を天井から逆《さか》さまにちょこんと出し、

「ねえお兄ちゃん。寝ちゃだめだよー。夜だよ夜。早く早く!? イリス楽しみにしてたんだから!」

「へ? って、なにが?」

わけがわからなくて、シオンが聞き返すと、もう夜だというのに輝く瞳《ひとみ》で、

「イリス知ってるんだよ? お兄ちゃんは、夜は野獣《やじゅう》に変身するんでしょ? 姉様言ってたもん。はやく見せて見せて。野獣野獣」

「………野獣って……」

ちなみにその日の夜は、人間の男は野獣に変身して荒野《こうや》を駆《か》けぬけたりはしないんだよ、という説得をするのに、朝までかかった……

おまけにその翌日《よくじつ》には、
ゴトン。

シオンが寮に戻《もど》ると、天井から突然……というかやっぱり……物音が聞こえて、ゆっく

りと板が外されると、ひどく無表情《むひょうじょう》な顔が、夜の部屋の天井から部屋をのぞきこんできて、

「昨晩《ゆうべ》は本性《ほんしょう》を現《あらわ》さなかったようだな。もしもおまえが変質的《へんしつてき》な欲望《よくぼう》を炸裂《さくれつ》させ、野獣に変貌《へんぼう》してイリスを襲《おそ》うようなことがあれば、すぐさまベッドの下から突き殺してやろうと思っていたのだが……」

「って!?　昨日フェリスもベッドの下にいたのか？」

「五分だけな。さあもう寝ろ。私は夜食用に買ってきただんごを食べる時間だ。おまえに構《かま》っている暇《ひま》はないのだ」

そう言って、フェリスはすすすっと天井の中へと戻《もど》っていき、外された板は少しの隙間《すきま》を残して元に戻され……

そしてその隙間からじーっとまったく感情というものを感じさせない二つの目がシオンのほうを監視《かんし》していた。

ときおり、かぷ、かぷっと、だんごを食べる音が聞こえて……

「…………寝られない……」

そのまた翌日は、

「じゃーん。イリスちゃんでしたー！」

そんな日々が一週間も続いた頃《ころ》には、もしかしたら刺客に殺される前に、寝不足で死ん

でしまうかもしれない……

シオンはそんなことも思ったりしたが、まあ、慣《な》れというものは恐《おそ》ろしいもので、最近ではイリスがシオンと話すのにあきたあとの朝方数時間だけで、必要な分の睡眠《すいみん》をなんとか取る能力《のうりょく》を身につけていた。

ひどく体に悪そうだが……

まあそれはともかく。

顔を洗《あら》い終わったシオンは、布《ぬの》で水気をふき取りながら呟いた。

「だが、今日はやっとゆっくり眠れるな……」

フェリスたちがシオンのまわりを監視しはじめてからはや一か月。ついに昨日、深夜シオンのあとを尾《つ》けていた不審《ふしん》人物をイリスが見つけたのだ。

いまはフェリスとイリスが、その不審人物の監視をはじめている。相手も警戒《けいかい》しているのか、いまはまだ、コトの黒幕《くろまく》と接触《せっしょく》してはいないみたいだが、それも時間の問題だろう。

ついに奴《やつ》らの尻尾《しっぽ》をつかまえたのだ。

シオンの目が鋭《するど》く細められる。その目に映《うつ》るのは、野望と、憎悪《ぞうお》と、そして強い確信《かくしん》。

彼は笑みを浮かべ、

「逃《に》がしはしない。ここからだ。俺はここから上っていく。目の前に立ちふさがる奴らは、たとえ誰であっても……全《すべ》て叩《たた》……」

とそこで、彼の思考を遮《さえぎ》るように突然《とつぜん》、悲鳴《ひめい》が響《ひび》いた。

「ぎゃあああああ!?　こーろーさーれーるー!?」

ライナの声だった。

驚《おどろ》いてシオンが振《ふ》り向くと、ライナが部屋の扉《とびら》から半身を出し、切羽詰《せっぱつま》った声のわりには緩《ゆる》んだ表情で、

「き、キファに殺される。シオンなんとかしろ」

シオンはそれを見て、苦笑《くしょう》した。ライナと、そしてライナに馬乗りになって『誰が男好きよ！』と叫《さけ》びながらライナの首を締《し》めあげているキファを見つめて、

「君たちはほんとに仲がいいな〜。まるで夫婦みたいだ」

「な!?」

瞬間、キファが真《ま》っ赤《か》になって、

「ななな、なに言ってるのよシオン！　そんなんじゃないわよ！　そんな、夫婦みたいなんて言われたら……恥《は》ずかしいじゃないい♡　ね？　ライナ」

なんてことを言いつつも、なぜかひどく嬉《うれ》しそうにきゃあきゃあ言いながら、ライナの首をぐいぐいと締め上げる。

わかりやすい反応《はんのう》だ。

シオンは思わず笑った。

それに対してライナはといえば、
いつのまにか班《はん》のメンバーも全員表に出てきていて、
泡《あわ》を吹《ふ》いて意識《いしき》を失いはじめていたが、それもいつものことだから平気だろう。

「あうあう」

「やれー」

だの、

「気絶《きぜつ》させろー」

だのと叫んでいる。

シオンはそんな仲間たちを眺《なが》めた。

そこには、ゆったりとした時間が流れていた。陰謀《いんぼう》や、罠《わな》や、殺意や、憎悪なんて言葉は介在《かいざい》しない。

戦争も、死も……

平和だった。

ひどく、平凡《へいぼん》な毎日……

拍子抜《ひょうしぬ》けするほどに。

最近、それを眺めていると、ふと思うことがある。

自分の野望や、復讐《ふくしゅう》は、実はとんでもなく無意味なことなんじゃないかと……

自分を虐《しいた》げてきた親や、兄たちに復讐して、王になってやるという夢《ゆめ》。

それはたくさんの人間を犠牲《ぎせい》にする夢だ。

そんな夢が……

はたして必要なのだろうか？

ここにはもう、全《すべ》てが揃《そろ》っているんじゃないだろうか？

仲間たちと笑って、喧嘩《けんか》して、また仲直りして。

それ以上になにを望む？

いまが平和なら……

兄たちに復讐する必要も、俺が王になって国を変える必要もないんじゃないか？

シオンは仲間たちを見つめ、それから空を見上げた。

「俺が目指す場所は……」

と——

そこで突然、

「シオンさん⁉」

別の班《はん》にいるシオンの仲間たち数人が、血相《けっそう》を変えて駆《か》けてきた。

「し、シオンさん！　大変なことが起こった⁉　やばい！　やばいよ！」

そのあまりのあわてように、わいわい騒《さわ》いでいたライナやキファたちも、黙《だま》る。

いや、ライナは最初っから泡を吹いてぴくぴくと痙攣《けいれん》しているだけだったが……

それはともかく……

シオンは走ってきた仲間のほうを向いて、言った。興奮《こうふん》している相手が落ちつくように、
静かな声音《こわね》で、

「落ちつけロル。いったいなにがあった？」

が、ロルの興奮は静まらなかった。それどころか、ロルと一緒《いっしょ》にきた数人の仲間たちまで一斉《いっせい》に話しはじめ、

「どうしようシオンさん⁉」

「俺たち、し、死ぬかもしれない！」

「なんでだ。なんでこんなことに⁉」

なんてふうなことを口々に言う。みんなひどく動揺《どうよう》していて、まるで状況《じょうきょう》がつかめない。

とそこで、

「静まれ!!」

突然シオンが怒鳴《どな》った。

瞬間《しゅんかん》、

「………………」

あたりが一斉に静まり返る。

そのまま、しばらくシオンは無言のままだった。いや、その沈黙《ちんもく》で興奮している仲間たちを静めようかと言わんばかりに。

それからシオンは仲間たちを見まわして、一つうなずいた。

「じゃあ、ロルだけ話せ。他の奴《やつ》らは黙ってろ。いったいどうした？　事情《じじょう》はどうなっている？」

いつもの、好青年然とした口調とは違う、本来の口調。

それに気圧《けお》されたのか、ロルは震《ふる》える声音で、

「いやあの……隣国《りんごく》のエスタブールが、ローランドの領土《りょうど》を侵《おか》したんです。また、戦争になる。戦争……どうしましょうシオンさん。俺たち、兵隊として戦場にいかなきゃならなくなる……」

瞬間。

「そんな⁉」

ファルが悲愴《ひそう》な声で叫《さけ》んだ。

タイルとトニーも顔を蒼白《そうはく》にしている。

キファは、無言のまま、気絶《きぜつ》したままのライナの背中《せなか》の服をぎゅっとつかんだ。

一様に衝撃《しょうげき》を受けていた。

当然だろう。

まただ。

またこの国の王は、あの先の見えない戦争をはじめようとしているのだ……

シオンは目を閉《と》じた。

いまわかった。この国に平和などない。無能《むのう》な王は、国を病《や》ますだけだ……

それなら……

それなら俺は、王になろう。誰《だれ》を殺しても、どんなに犠牲《ぎせい》を払《はら》っても……

シオンが再《ふた》び目を開くと、いつのまにかライナが意識《いしき》を取り戻《もど》していた。いや、最初から意識なんて失ってなかったのかもしれない。

なぜなら、ライナの瞳《ひとみ》はやはりやる気なさそうに緩《ゆる》んだものだったが、しかしその瞳に映《うつ》る色は……

シオンがいままで見たことがないほど空虚《くうきょ》だったから……


戦争が始まる。

理由はひどく簡単《かんたん》なものだった。

エスタブール王国が、ローランド帝国の領土を侵犯《しんぱん》したから……

戦争の理由はそれだけ。

いや、それは建前《たてまえ》でしかないのだが……

実際《じっさい》のところは、今期雨の多かったエスタブールでは、大きな川の氾濫《はんらん》が起きて、いま食糧危機《しょくりょうきき》に見舞《みま》われている。

ローランドの国王は、その機に一気にエスタブールを攻め滅《ほろ》ぼそうと考えたのだ。

おまけにエスタブールも、この食糧危機を、ローランドを乗っ取ることで乗り越えようと考えた。

お互《たが》いが助け合おうなどとは少しも考えずに……

戦争が始まる。

また戦争が始まるのだ……

静まり返っていた。いつものこの時間帯は、昼寝《ひるね》をしようとしても廊下《ろうか》を騒《さわ》がしく歩く生徒たちの声が邪魔《じゃま》するのだが……

今日は静まり返っていた。

「ま、そりゃそうか」

そんな不自然な静寂《せいじゃく》の中、ライナは一人呟《つぶや》いた。

彼がいまいる場所は、ベッド以外なにも置いていないという、がらんとした自室だった。

いや、がらんとしたという表現は嘘《うそ》になるかもしれない。

確かに家具は買うのがめんどくさいからまったく置いてないが、キファがなぜかくるたびに置いていくこまごまとした雑貨類《ざっかるい》がところせましと置かれているため、『がらん』と言うよりは、『雑多《ざった》』という表現のほうがしっくりくる。

おまけにライナが掃除《そうじ》をすることはまずないし……

ライナはぼけっと天井《てんじょう》を見上げたまま、なにかを考えようとして、でもめんどうになって、

「寝るか……」

とりあえず寝ることにした。

そう。考えても仕方のないことなのだ。シオンのように、国を変えようなんて思わないし。だいたい、自分でなにかを考えようとか、救おうとか思ったことはない。そんなめんどうなことをしたいとも思わないし。

どうせ……

世界は彼が物心ついたときから死で溢《あふ》れていたのだ。

それをどうにかしようなんて思わない。

ライナは目を閉じたまま、

「あ〜あ。ほんとめんどくせぇよなぁ……ったく、みんなやる気ありすぎだよ。人の国が欲《ほ》しいとかどうして思うのかね。昼寝してりゃ、それなりに幸せなのにな」

なんてことを一人で呟《つぶや》いた。

とそこで、

「そうだよね……」

突然《とつぜん》部屋の入り口からキファの声がかかった……

が、ライナのある意味やる気という言葉が死滅《しめつ》してしまっている性格《せいかく》上、驚《おどろ》いたりはしないが……

するとキファは……

「…………ねえライナ」

「ん？」

「…………ライナは、すごいね。どうしてそんなに落ちついていられるの？　恐《こわ》くないの？　私たち、戦争にいかなきゃいけないんだよ？　死ぬかもしれないのに、どうしてそんなに落ちついてられるの？」

「…………」

彼は眠《ねむ》そうな目を半開きにして、キファのほうを見た。

キファは怯《おび》えていた。恐怖《きょうふ》に震《ふる》えていた。

あたりまえだろう。いままでは戦争を想定《そうてい》した訓練《くんれん》を受けていたが、だからといって想定と現実は違う。

すぐそばまで死が迫《せま》ってきているのだ。戦争がなかった七年は長い。

平和な七年は長い。

キファが続ける。

「ねえ、ライナ。恐いなら恐いって言えばいいのに。疲《つか》れてるときは疲れてるって言えばいいのに、なんでいつも平然としてるの？　いつも私ばっかかり……私ばっかかり……」

ライナの目の前で、突然キファが涙《なみだ》を流しはじめた。

「私は恐いよ。戦場が、人が死ぬのが………でもなにより……」

そこで一度言葉を止めて、息を吸《す》い込んで、一瞬《いっしゅん》ためらうような表情を浮かべてから、キファが言った。

「私、ライナが死ぬのが一番恐い……」

瞬間、部屋に沈黙《ちんもく》が流れた。

そのまま、ずっと沈黙が流れ続ける。

いまのキファの言葉は……

さすがにライナにも理解《りかい》できた。これだけ震えて、戦争に怯《おび》えているのに……それでも彼女は、ライナの心配をして……

それでも。

ライナは彼女の言葉にまだ、一言も答えていない。

いや、答えられなかった。

答える資格《しかく》なんてないのだ。生まれたときから、答える資格なんてないのだ……

瞳《ひとみ》に……

「………」

　瞳に烙印《らくいん》があるのだから……

　と、そこで突然《とつぜん》キファはあわてたようにして、

「えっといや、そういうことじゃなくてだよ？　んと……そうじゃなくて、ライナってばさ、成績《せいせき》でも一番びりだし……戦場なんかいったら絶対《ぜったい》私なんかより簡単《かんたん》に死んじゃうし……だから……だから逃《に》げて欲《ほ》しいの。ライナだけには逃げて欲しいの。ライナなら、成績低いし、学校いまやめても、やめさせてくれるよきっと。私は無理《むり》だけど……ね？　だから……」

　しかしライナはそこで起きあがった。あいかわらずぼけた瞳に、緩《ゆる》んだ顔だったが、

「はぁ〜。めんどいなぁ……キファは心配し過《す》ぎ。俺《おれ》は死なないよ。死ぬつもりはない。だって死ぬのって痛《いた》そうじゃない？　やめとこうぜ死ぬの。痛いのはやだ」

　とそこで突然、

「そうだ。死ぬなんて馬鹿《ばか》らしいな。この戦争では僕《ぼく》たちは死なない。キファも、ライナも、僕の仲間も全部だ」

　キファの後ろから声がかかった。

「僕の仲間は全部一つの部隊に入れるよう手配した。おまけに、僕らが入った部隊の出兵

先も、ほとんど戦闘《せんとう》に巻《ま》きこまれることのなさそうな、辺境《へんきょう》地帯になるようにしてある」

シオンだった。

シオンがライナの部屋に入ってくると、さらにその後ろには、いつのまにかタイル、トニー、ファルの三人もいて、

タイルがいつものお調子者の笑顔《えがお》をとりもどして、

「だってさライナ。キファ。やったな。やっぱ俺らはシオンについてきてよかったぜ」

続いてトニーが、

「そういうことらしい。シオンはまったくすごい奴《やつ》だよ。どうやったらそれほどの力を軍部に振《ふ》るえるのか……」

最後にファルが、涙はもう流してはいないものの、目を真《ま》っ赤《か》にしているキファの肩《かた》を抱《だ》くようにして、

「私たちは死なないの。だから、ね？　キファ。まだまだいっぱい先は長いんだから」

そして、シオンがライナのほうを見つめてから、小声で、

「な？　俺についてきてよかっただろ？」

ライナはやはり眠そうな顔のまま、肩《かた》をすくめた。

そして、キファのほうに目を向ける。

しかしなぜか、キファだけがまだ、暗い顔をしていた……


エリス家の巨大《きょだい》な庭園に、シオンとフェリスはいた。

ちなみにイリスも庭園にいるにはいるのだが、彼女はフェリスが投げた玉を、拾っては戻《もど》ってきて、またフェリスが投げてはそれを拾って戻ってきてという、少し問題のあるような気がしないでもない遊びを嬉々《きき》としてやっている。

いまはフェリスが、通常《つうじょう》では考えられないほど遠くまで投げた玉を拾いに走っている。

まあそれはともかく、

「で、その後の首尾《しゅび》はどうなってる？」

シオンが聞くと、フェリスはシオンが持ってきただんごを無表情《むひょうじょう》のままぱくつきながら、

「上々だ。戦争のせいもあってか、最近動きがあわただしくなっている。そろそろ黒幕《くろまく》と接触《せっしょく》するだろう」

「そうか」

とそこで、

「姉様！　持ってきたよ玉！　池にはまってたからもぐらなきゃいけなかったけど、どうだった？　早かった？　イリス偉《えら》かった？」

なぜかずぶ濡《ぬ》れになったイリスが嬉《うれ》しそうな顔で戻ってきて、フェリスに玉を渡《わた》す。

フェリスはその玉を受け取ると、

「偉いぞイリス。次はもっとタイムを縮《ちぢ》めろ」

言って、再び玉をほうり投げる。この細い腕《うで》のどこをどうやったらこんな玉が投げられるのかわからないが、その玉は弧《こ》を描《えが》かず、とんでもない速度で一直線に飛び出し、すぐに視界《しかい》から消える……

はっきりいって、こんな玉を追えというほうが無理《むり》があると思うのだが……

イリスはまた嬉しそうに、

「姉様見ててね？　イリス今度はもっと早く見つけてきちゃうんだから！」

そしてこの子も、とんでもない速さで飛び出していった。

そんなことをひとしきりやってから再びフェリスがシオンのほうを向いてきて、

「それよりシオン。おまえも戦争にいくのか？」

シオンはうなずいて、

「ああ。あの学院はそのためにあるんだからな。すぐさま出兵が決まったよ。あさってだ」

と——

フェリスはイリスが走っていったほうを無表情に眺《なが》めたまま、

「そうか」

一言呟《つぶや》くように言った。

それからお互《たが》い少しの間沈黙する。

フェリスの無表情からはその考えをうかがうことが難《むずか》しいが、しかし……

シオンが言った。

「って、フェリス。もしかして僕のことを心配してくれてるのか？」

が——

「いや、そうするとだんごを定期的に持ってくる奴《やつ》がいなくなるなと思ってな」

即答《そくとう》だった。

気持ちいいくらい即答……

シオンは思わず笑った。

「あはは。フェリスらしいなまったく。そうか。じゃあ、だんご屋に手配しておくよ。定期的にフェリス家にだんごを届《とど》けるようにってな。そのかわり……」

「ああ。黒幕を追い詰《つ》めておこう。花も恥《は》じらう可《か》憐《れん》な乙女《おとめ》の時間を、くだらない監視《かんし》などという作業に費《つい》やさせた恨《うら》みはきっちりと返してやる……ふ、ふふ」

無表情のまま、言った。

その、美人だが極端《きよくたん》な無表情のどのへんが、可憐な乙女なのかはさておき、シオンは再び驚異《きようい》的な速さでこっちへ戻ってきているイリスを眺めながら、

「じゃああとは頼《たの》んだよ。僕は、適当《てきとう》に戦場をまわったら帰ってくる。死んだりはしない。安全な場所へと出兵されるように手配したからね」

「なんだ。生きて帰ってくるつもりなのか」

なんてことを言って、なぜか残念そうにするフェリスのことも、シオンはあえて無視《むし》しておいた。いつものことなのだ。

と——イリスが戻ってきて、

「今度はどう？　どう？　早かったイリス？　ねねシオン兄ちゃんは早かったと思う？」

シオンはうなずいて、

「すごく早かったよ。イリスちゃんはすごいな」

「へへへー。でしょう？　イリスすごいんだから！」

嬉しそうに笑うイリスの頭をぽんぽんとたたいて、シオンは微笑《ほほえ》んだ。

「じゃあ、僕はそろそろ帰るよ。なんせ出兵はあさってだからな。あとは頼んだ」

「ん。だんごの手配を忘《わす》れるな」

「って少しは心配とかしたらどうだ？」

「だんごのか？」

「いや……いいや。じゃあいってくる」

そしてシオンは踵《きびす》を返し、歩き出した。


その日。

空は晴れていた。

ライナ、キファ、シオン、そしてシオンの仲間という構成《こうせい》の、百二十人ほどの部隊は、エスタブールと一番南で隣接《りんせつ》している辺境《へんきょう》地帯、ロクサヌ平原へと出立した。

ついに、戦場へと踏《ふ》み出したのだ。

死が溢《あふ》れる戦場へと……

しかしそのわりには、道中の雰囲気《ふんいき》は明るかった。

「いやーでもほんとシオンの仲間でよかったよね」

「そうそう。死なくてすむもんな」

「激戦《げきせん》地区に派遣《はけん》される奴《やつ》らの顔見た？　すっごいかわいそうだったよ……」

「あーでもほんとよかった」

そんな会話。

ローランド軍から派遣されてきた部隊長が、

「おまえら少しは緊張《きんちょう》しろ！　私語はつつしめ！」

と怒鳴《どな》るが、誰《だれ》も言うことを聞かない。あまりに騒《さわ》がしいので、シオンが、

「みんな。少し静かにしたほうがいい。危険《きけん》は少ないと言っても、僕《ぼく》らは戦場に出るんだ。やはり少しは気を引き締《し》めていこう」

すると途端《とたん》に部隊百二十人が一気に静まった。抜群《ばつぐん》の統率能力《とうそつのうりょく》だった。まあ、ここに集まっている人間は、みんなシオンの部下だったようなものだからシオンの言葉に従《したが》うのはあたりまえなのだが……

部隊長はそれを見てあからさまに嫌《いや》そうな顔をして、

「君も偉《えら》そうなことを言ってないで、さっさと歩け」

「はい。部隊長殿《どの》」

そして一行は再び歩きだした。

ライナも気だるそうな足取りで歩を進める。

と、横を歩いているキファが、

「ねえライナ……」

「ん～？」

「ううん。やっぱりなんでもない」

「なんだそりゃ？」

「………」

ライナは首をかしげ、それから後ろを歩いてる奴に背中《せなか》を押されて、

「はいはい。歩けばいいんでしょ」

またのらりくらりと歩きだした。

戦場は、確実《かくじつ》に近づいてきている。


その日の夜。

場所はローランド領内《りょうない》に戻《もど》って。

同じ青だが、片方《かたほう》は無表情な目。もう片方は天真爛漫《てんしんらんまん》な、無邪気《むじゃき》な目が、闇《やみ》の中に四つ並《なら》んでいた。

フェリスとイリスだ。

二人はいま、ローランドの中では名家と呼《よ》ばれているザムル家という貴族《きぞく》の館《やかた》にいた。正確《せいかく》にいえば、館の屋根裏《やねうら》。それも当主の寝室《しんしつ》の真上である。

イリスが言った。

「姉様姉様。あのハゲ親父《おやじ》が黒幕《くろまく》ってやつ？」

「ん。そうだ。よく覚えておけ。ああいうのを黒幕顔というのだ。たいてい黒幕というのは、ハゲ頭に中年太りという容姿《ようし》をしている」

などと、ひどく偏見《へんけん》に満ちた言葉を平然とフェリスが放つ。

まあ……

いまの場合、確かにベッドに横たわっているのはハゲ親父で、おまけにフェリスが監視《かんし》していた刺客《しかく》が、ザムル家に入っていったことからも、このザムル家当主ブロフス・ザムルが黒幕なのだから、文句《もんく》も言えないのだが……

イリスが瞳《ひとみ》を輝《かがや》かせて、

「へーへーああいうのが黒幕顔っていうんだ。イリスまた一つ賢《かしこ》くなっちゃった！　で、どうするの姉様？　殺《や》っちゃう？　それとも家までつれていって、拷問《ごうもん》する？」

子供《こども》の口からこんな言葉があっさりでるのだから、エリス家は恐《おそ》ろしい……

フェリスはそんなイリスに満足げにうなずいて、

「拷問だ」

しばらく後……

エリス家の庭。

「き、貴様《きさま》ら!? なにものだ!? わ、わしはザムル家の当主であるぞ! こんなことをしてどうなる……ぶわ!?」

言葉の途中《とちゅう》で、全身縄《なわ》でぐるぐる巻《ま》きにされているブロフスは、水をかけられてうめいた。

横でイリスが、

「みーず。みーず。もっともっとー」

と、作詞作曲イリス・エリスによる、即興《そっきょう》の歌を歌いながら、目一杯《ぱい》まで水の入ったばけつを片手に三つずつ持ち、軽々と振り回している……

それだけでも異常《いじょう》な光景だが……

ブロフスの目の前には、絶世《ぜっせい》の美女が立っていた。艶《つや》やかな金髪《きんぱつ》に、異常《いじょう》に整った容姿。

しかし、その表情《ひょうじょう》は氷のように冷たく、腰《こし》には、華奢《きゃしゃ》な彼女には不《ふ》釣合《つりあ》いな長剣《ちょうけん》がささっている……

説明するまでもないが、フェリスだった。

彼女はブロフスをじっと見つめて、

「即答《そくとう》しろ。シオン・アス……」

とそこで、ブロフスがフェリスの言葉を遮《さえぎ》って、

「な、なんだ貴様は。貴様はわしが誰《だれ》だかわかってこんなこ……ぶはぁ⁉」

が、またも言葉はそれまで。フェリスが目配《めくば》せすると、イリスによってざばーんと水をかけられる。

「き、貴様いったい誰……ぶわぁ」

ざばーん！

「こんなことが許《ゆる》され……ぶはぁ」

ざばーん！

「おま……ぶぱぁ⁉」

ざばーん！

「ちょ、ちょっと待ってくれ……そんな立て続けにかけられたら息が……ぶはぁわわ」

ざばーん！

「よしイリス。もういいぞ。水の次は釘《くぎ》だ」

「はーい姉様ー♪」

などと恐《こわ》い会話をする姉妹《しまい》に、ブロフスは引きつった。

「ちょ、ちょっと待ってくれ。わ、わかった。なんでも教え……」

ブロフスの言葉はそこでまた止まる。

「ん」

フェリスは、はやくも釘を持ってきたイリスから釘を受け取ってから、それをブロフスに投げつけた。

シュパ！

響《ひび》いた音は一つ。しかしフェリスの手から高速で撃《う》ち出された五本の釘は、ブロフスの体すれすれの地面に突《つ》き立つ。

「ひい……」

ブロフスが顔を蒼白《そうはく》にした。

フェリスはその顔を、冷たい視線《しせん》で見据《みす》えて、

「さて。状況《じょうきょう》はわかったな？　ではもう一度聞こう。シオン・アスタールを襲《おそ》うように命令していたのはおまえか？」

「し、シオン・アスタール？　お、おまえはアスタールの手のものなのか？」

と、言ったブロフスの顔すれすれを、また釘がかすめる。

「う……」

フェリスは手に持った釘をもてあそびながら、

「おまえに質問《しつもん》をする権利《けんり》はない。聞くことだけに答えろ」

「き、貴様……調子に乗りおって……」

ここまできてもさらに態度《たいど》の悪いブロフスに、フェリスは手に持っていた釘を捨てた。

「そうか。残念だな。あくまでおまえがそういう態度なら……」

そしてフェリスは腰の剣《けん》をするりと抜《ぬ》く。月明かりに照らされ、夜闇《よやみ》の中に薄《うす》くきらめく剣《つるぎ》……

信じられない美貌《びぼう》を持ったその女は、死神に見えた……

「死ね」

ゆっくりと剣が振り上げられ、
瞬間《しゅんかん》。

「ちょ、ちょっと待てぇ⁉ こ、こんなことしてもなんの意味もないんだぞ？ おまえアスタールに雇《やと》われた刺客《しかく》なんだろ？ もうアスタールは死ぬ。わしを殺してもなんの意味もないんだ！ だ、だから助けてくれ⁉」

ブロフスの言葉に、フェリスは目を細めた。剣を下ろし、再び鞘《さや》に戻してから、

「シオンが死ぬだと？　それはどういうことだ？」

すると、突然《とつぜん》ブロフスはにやりと笑った。助かったと思ったのかもしれない。下品な、すべてのものを馬鹿《ばか》にしているようないやらしい笑《え》みを浮《う》かべて、

「だからアスタールの奴《やつ》はもう死ぬんだよ。罠《わな》にはめられたんだ。奴が向かったロクサヌ平原が、いまどんな状況か知ってるか？　我《われ》らが流した偽《にせ》の情報《じょうほう》によって、エスタブールの魔法騎士団《まほうきしだん》五十人があの辺境《へんきょう》に集結してるんだ。知ってのとおり、魔法騎士団といえば……軍部で言えば最強の部隊。化物《ばけもの》の集まりだ。魔法騎士団に対抗《たいこう》できるのは魔法騎士団しかいない。アスタールがこそこそ集めている半端《はんぱ》者の集まりでどうこうできる相手じゃあないさ。一網打尽《いちもうだじん》だ。そんな危険《きけん》な戦場を、アスタールの奴は自分で選んで安全な場所へいくんだと思ってるんだ。ひひ。まるで道化《どうけ》だろ？　おまけにアスタールが仲間だと思いこんでる奴の中にも、我らのスパイを紛《まぎ》れ込《こ》ませてあるしな。ひひひひ。ほんとに……奴は道化だよ。我ら……いや、皇子《こうし》様たちのおもちゃだ。皇子様たちに歯向かって勝てると思ってるところなんか、ほんとうに……ひひ」

ブロフスは何度も、何度も笑う。

「アスタールの奴はしょせん下賤《げせん》な犬だ。我らの手のひらの上で狂《くる》うように踊《おど》って、そし

て死ぬだけの犬。そんな死ぬ奴の手助けをしてどうする？　奴に金をいくらもらってるのかしらんが、もうアスタールに義理《ぎり》立てする必要はないだろう？　それよりどうだ。アスタールの倍だす。わしの愛人にならんか？　その美貌……ひ、ひひ。剣などよりわしの……ぎゃあ!?」

言葉の途中《とちゅう》で、ブロフスはイリスに後ろから殴《なぐ》り倒《たお》されて気絶《きぜつ》した。

「このすけべ黒幕めぇ！　姉様をそんないやらしい目で見ちゃだめ！　ね？　そうだよね？　姉様？」

と、イリスが振り向いてくるが、フェリスは答えなかった。

なにか考えるように遠くを見据《みす》えていて、

「って、姉様……あ、そうか……シオン兄ちゃんのこと心配してるの？」

が、フェリスは首を振った。

「いや」

「姉様。シオン兄ちゃん死んじゃうのかなぁ？　そしたらだんごはなし？」

その言葉にも答えず、フェリスは一人呟《つぶや》いた。

「……皇子……だと？　ルシルはいったいなにを……」

とそこで、フェリスは奇妙《きみょう》な気配を感じて体を緊張《きんちょう》させた。いままでなにも感じなかったのに、突然全身を、まとわりつくような嫌《いや》な感触《かんしょく》に包まれて……

フェリスは気配のほうに視線《しせん》を走らせる。

そして……

フェリスはさらに鋭《するど》く、目を細めた……

そこにはいつのまにか男が立っていた。金色の髪《かみ》を持った男が、どこか脱力《だつりょく》したような、それでいて鬼気迫《ききせま》るような背中《せなか》をこちらに向けて、天をあおぎ見ている。

「いい～月じゃないかフェリス。こんな日は兄妹《きょうだい》そろって月見でもしたいものだね」

ルシルだった。

全身に気高さと、邪気《じゃき》が入り混《ま》じったような雰囲気《ふんいき》をまとっている。

月明かりに照らされたその姿《すがた》は、ひどく禍々《まがまが》しく見えて……

「ん……兄様か。いったいなにしにきた」

「なにしにきたって？　あいかわらずつれないな妹よ。こんないい夜に、妹と一緒《いっしょ》にいたいと思っちゃいけないのかい？」

するとそこでイリスが、なぜかフェリスの背中に隠《かく》れるようにしてから、

「だめぇ。あたし兄様嫌《きら》いなんだから！　だってめったに遊んでくれないし。いっつも修《しゅ》行《ぎょう》ばっかりさせるし」

「ははは。イリスはフェリス好きだからな」

「うん！　姉様好きー！」

フェリスはそう言ってじゃれついてくるイリスを片手でいなしながら、全身の緊張を解《と》けずにいた。

この、実の兄に……

「で、ほんとうの理由はなんだ？」

すると、ルシルがゆっくりと振りかえって……

瞬間、フェリスはイリスの頭をつかんで、自分の腰《こし》に顔がうずまるように押しつけた。

「むーむーどうしたの姉様くるし……」

イリスの言葉はそこまで。フェリスが首筋《くびすじ》に打ちこんだ手刀でイリスはあっさりと気を失う。

それを見て、ルシルが微笑《びしょう》した。

「なんだ。フェリスはあいかわらずイリスに甘《あま》いなぁ。だから私がいつも憎《にく》まれ役をやらなきゃあいけないじゃないか。ズルいぞフェリス」

フェリスは答えなかった。ただ目の前にいる兄を……

無感情な瞳《ひとみ》で見つめるだけ。

目の前の……

化物を……

ルシルは笑っていた。

無邪気《むじゃき》な笑顔。

まるで子供のような無邪気な笑顔のまま、彼の手には、いつのまにか切り取られたブロフスの首がつかまれている。

こんなにもあっさりと、人間の首を刈《か》り取って……

「仕事はちゃんとやらなきゃだめじゃないかフェリス。こんな奴を生かしておいたら、エリス家に害をなすだろう？」

しかしフェリスはフェリスで、そんな生首を見てもまったく動揺《どうよう》しないが……

フェリスはルシルの言葉を無視《むし》して、問いかけた。

「…………これはどういうつもりだ。黒幕が皇子？　ということはシオンも皇子だな。知っていたのか？」

するとルシルは笑んで、

「さあ、どうだと思う？　ただ、やはり彼はおもしろかっただろう？　生きて帰るかな？　それともここで死ぬか……」

とそこで、ルシルがブロフスの首を高く、高く放《ほう》り投げた。

そして、

「エリス家は、王にだけ仕《つか》える。本当の王にだけ」

「……王……だと？」

「そうだ。こんなところで死ぬようなら、彼には用はない。だがもし、生きて帰ってくるのなら……」

そこでルシルがゆっくりと手を動かした。ほんとうにゆっくりと……と——

落ちてきた首が、ルシルの手に触《ふ》れた瞬間《しゅんかん》、突然消え去った……

フェリスにも見えなかった。ルシルがなにをしたのか……ただ触れただけで、首が消滅《しょうめつ》してしまったのだ。

ルシルは再《ふたた》び天をあおいで、

「そう。もしも生きて帰ってくるようなら、次は私が動こう。私が彼に仕えよう。彼が私の期待《きたい》に応《こた》えている間は……どうだフェリス。おもしろいだろう？」

「ん……魔法騎士団《まほうきしだん》五十人を相手に、生きて帰ってこられる人間がいるとは思えないが？」

「私ならたやすい」

「シオンはあなたじゃない」

「そう。彼は私じゃない。私だって彼に力を期待しているわけじゃない。それを超《こ》えたなにかだ。彼の命は常《つね》に揺《ゆ》らいでいる。しかしフェリス。おまえが一度助けた。私が殺さなかった。これはどういうことだろう。ふ、ふふ……おもしろいじゃないか」

「そうか？　私はおもしろくないな」

フェリスはルシルに背《せ》を向けた。気《き》絶《ぜつ》しているイリスを抱《かか》え、歩きだす。

「私には関係ない話だ兄様。当主はあなたなのだからな」

「ふふ、あいかわらずフェリスは冷たいなぁ。シオンが生きてようが死んでようが気にならないと？」

するとフェリスは振り返らずに一言。

「全然」

即答《そくとう》だった。

ルシルはそれに微笑《ほほえ》んで、

「そうだ。それがおまえだな。そのおまえが彼を助けた。はは。おもしろい。やはりおもしろいよ」

空が白み始めていた。

この夜が明け、明日の朝にはシオンたちの部隊は戦場へ到着《とうちゃく》するだろう。

果たして生き残るのか？

それとも死ぬのか？

「王か」

フェリスは呟《つぶや》いた。

「…………私には関係ない」

第四章　目覚《めざ》め出すモノ

「よし。ここに陣《じん》を張《は》る。一班《ぱん》二班《はん》は水場の確保《かくほ》。三班四班は予備《よび》食料の探索《たんさく》。残りのものはそれぞれのテントを張れ」

　部隊長が叫《さけ》んだ。

　命令どおり、部隊の面々はそれぞれごそごそと動きだす。

　日が中天に昇《のぼ》ったころ、ライナたちは目的地へと到着していた。

　ライナが周囲を見まわすと、そこに広がっているのは、平原と、森林地帯。整地されている場所などなく、まさにそこは辺境《へんきょう》だった。

　確《たし》かにこんなところには、エスタブールの敵兵《てきへい》もやってこないだろう。

「陽気もいいし、あ〜これは暇《ひま》そうでいいや」

　なんてことを言いながら、さっさとその場に座《すわ》りこんでしまうライナに、横にいたタイルが、

「っておまえもテント張るの手伝えよ！」

「えーめんどいからやだ」

「はぁ？　ぶっ殺すぞてめぇ⁉」

「うわ蹴《け》るなっておい⁉　暴力《ぼうりょく》はんたーい！　あいて、痛《いた》い痛いって……ちょっとキファ。タイルになんとか言ってやってくれよ。俺《おれ》は今日はちょっとなんとなーく眠《ねむ》いから寝《ね》かせてやってくれとかなんとか……」

「………」

とここで、いつもなら『馬鹿《ばか》言ってないであんたも手伝いなさい！』なんて言葉がキファの口から飛び出すところなのだが、キファはなぜか暗い表情《ひょうじょう》で、

「……え？　あ、ごめん。聞いてなかった。なんだっけ？」

なんてことを言うものだから、ライナとタイルが思わず顔を見合わせた。

そこでトニーが、

「キファ。この万年ぐうたら男が、テントを張るのを嫌《いや》がっているのだ。いつものようになんとかしてくれないか？」

続いてファルが、少し悪戯《いたずら》っぽい笑《え》みを浮《う》かべて、

「そうそう。ライナってなんだかんだ言って、奥《おく》さんの言うことしか聞かないのよねぇ～。だからなんとかしてキファ」

　すると……

「そっか。ライナ。テント張るの手伝わなきゃだめよ。みんな困《こま》ってるじゃない」

　やはり少し寂《さび》しげな、悲しげな表情で淡々《たんたん》と言うキファ。

　いつもならライナとのことをからかえば、顔を真《ま》っ赤《か》にして否定《ひてい》するのに。

　再《ふたた》びライナ、タイル、トニー、ファルは顔を見合わせて、それから……

　タイルがライナの首をつかみかかってきた。

「うわ！　タイルなにするん……」

　が、タイルはライナの首をぐいぐいしめあげながら、キファに聞こえないようライナの耳元で、

「てんめぇ……もしかしてキファになんかしたんじゃねえだろうな⁉　キファなんか落ちこんでるじゃねぇか！」

「し、してねぇよ。ってなんでキファが暗いのが俺が原因《げんいん》だと思うんだよ」

「そ、そりゃあ……」

　とそこで、口ごもるタイルの横からファルが妙《みょう》に楽しそうな顔を出し、やはり小声で、

「そりゃキファがライナを好きだからに決まってるじゃない。もうどっからどう見たってそんなのバレバレでしょ？　だからキファがあんなに落ちこむっていったらライナ。あな

たが原因に決まってるじゃない。なんか心当たりないの？　キファが落ちこむようなこと言ったとか、傷《きず》つけるようなことしたとか」

なんてことをずばり言われて、ライナは出兵前の部屋での出来事を思い出した。

思い出して思わず、

「あ……」

「やっぱりおめぇか!?」

「ぎゃあああああああああ!?」

今度はトニーとファルにも関節技《わざ》をしかけられて失神寸前《すんぜん》のところに、

「あはは。戦場だろうがどこだろうが、ライナはあいかわらずだなぁ。でもみんな。そろそろテント張るの手伝ってくれないか？　さすがに一人で張るのは疲《つか》れる」

シオンが苦笑《くしよう》しながら言ってくる。

結局誰《だれ》もテントを張っていなかったのだ……

ちなみにライナを含《ふく》めたこの面々は、八班である。

と――

ライナが再起不能《さいきふのう》の一歩手前で、今夜ライナからキファへ謝《あやま》りにいくことを条件《じようけん》に許《ゆる》してもらったり、テントを張る杭《くい》の位置を間違《まちが》えて、やはりライナが再起不能にされたりな

んてことをしているところで、

「シオンさん。じゃあ一斑二班、水場の確保《かくほ》にいってきます」

「シオンさん。僕《ぼく》ら三班四班も、食料の探索《たんさく》にいってきます。夜までには戻《もど》ります」

なんて報告《ほうこく》をシオンの元に生徒たちがいちいちしてくるものだから、部隊長が、

「そういうことは俺に報告しろ！」

と叫ぶのも虚《むな》しく、

『じゃあいってきますシオンさん！』

四つの班、二十四人が部隊を離れていった。

そう。この百二十人からなる部隊の人間は全《すべ》て、シオンの仲間で構成《こうせい》されているのだ
……。

ライナもシオンによって、ほぼ全員と顔あわせだけはしているのだが……名前を覚えるのが苦手なので、結局のところは自分の班のメンバーと、あと数人しか、名前を知らない
……。

それに比《くら》べてシオンは全員の名前にプロフィールまで全て把握《はあく》しているのだから……

「頑張《がんば》り屋だな〜」

それをすごいと思わず、めんどくさいことを頑張ってる奴《やつ》と思うところが、ライナがラ

イナたる所以《ゆえん》だったりするのだが……

まあそれはともかく。

全班のテントがあらかた完成すると、シオンが言った。

「タイル。トニー。ファル。君たちは、水場確保にいった一班二班のテントを作製しにいってくれないか?」

という命令に、

「なんで俺《おれ》たちが他の班の奴らのテントまで張りにいかなきゃ……」

タイルが不服を唱えようとしたとき、シオンが突然《とつぜん》ライナのほうに目を向けてきた。

ライナは思わず顔をしかめて、

「えー、そんなふうに見つめても、俺は絶対《ぜったい》もうテントなんか張りにいかないぞ。めんどくさいし、眠いし……」

が、シオンはにやりと笑って、

「ライナの性格《せいかく》はわかってるよ。君はここにいればいい。キファも顔色が少し悪いから、少しテントの中で休んでたほうがいいよ。さて、じゃあ僕は三班四班のテントを作るのを手伝ってこようかな。で、タイル。君はいってくれないのかい?」

するとタイルもにまーっと笑った。

「そういうことか。おっけい。ちょっと俺いってくるよ。な？　トニー、ファル。そうと決まったらさっそくいこうぜ！」

「そうだな」

「ふふふ♡　そうね」

そしてシオンも、

「じゃあライナ。ちょっと僕もいってくるね」

なんてことを言って、にやにやしながら去っていってしまう。

ライナはそれを呆然《ぼうぜん》と眺《なが》めて、それから横にいる、暗い表情《ひょうじょう》のキファを見てから……

「う……」

はめられた……

気だるそうに緩《ゆる》んだ顔を、困《こま》ったようにしかめてうめいた。

こんなキファは初めてだった。いつも明るくて、ことあるごとにライナにちょっかいを出してきて。

でもいまはひどく居心地《いごこち》が悪い……

ああもう……めんどくさいなぁ……

思いながらも、ライナは少し上ずった声で、

「あ〜えっとその……キファ。今日はほんと晴れてるよねぇ……」

もうベタベタだった……

頭が真っ白になって気のきいた言葉なんて一つも浮《う》かばない。

「…………」

キファは無言。

その圧力《あつりょく》に負けて、

「あう……んと……じゃ、じゃあ俺はちょっと昼寝《ひるね》を……」

とそこで、

「ライナ……」

キファが口を開いた。その顔は、どこか切羽《せっぱ》詰《つ》ったような真剣《しんけん》な表情だった。

そして震《ふる》える声で、しかししっかりとした、決意のようなものが込《こ》められた声で、

「ライナ……私と逃《に》げてくれない？」

「へ？」

あまりに突然の言葉に、ライナは間抜《まぬ》けな声をあげた。

しかしキファはそれには構《かま》わず、ライナの両腕《りょううで》をぎゅっとつかんできて、

「ねえライナ。私と一緒《いっしょ》にいこ？　シオンじゃなくて、私と……」

「いやちょっとキファ。いったいなにを言って……」

そのとき、

「私……ライナが好き」

キファが言った。

キファが、ライナを好きと言った。

はっきりと。

そのまま、キファはもう一度繰《く》り返す。

「私は、ライナが好き。学院に入ってからずっと好きだった……ライナだけが私の支《ささ》えだった。いつも一人だった私の……ほんとは……友達なんか作っちゃいけないの私。友達なんか信用しちゃいけないの私」

キファは興奮《こうふん》していた。

ライナは彼女がなにを言っているのかわからなかった。

友達を作っちゃいけない？

彼女はなにを言って……

キファが続ける。

「でも、ライナ。あなたは……あなたはいつもやる気がなくて、国のことなんかなんにも考えてなくて、一生懸命《けんめい》生きてなくて、でもそれでいいってライナといるときだけは思えて……好きになっちゃった……ライナのこと好きになっちゃったよ……ほんとはだめなのに好きになっちゃった……でもライナは？　ライナは私のこと嫌《きら》い？　それとも……」

キファがライナの顔を見つめてきた。

彼女は、泣いていた……

ライナの腕《うで》をつかむキファの手の力が強まる……

しかしライナは……

あいかわらず緩《ゆる》んだ目をしていた。やる気なさそうに緩んだ……しかしどこか空虚《くうきょ》な感じの乾《かわ》いた瞳《ひとみ》のまま、

「俺は……」

ひどく目が乾いていた。ほんとうにひどく。痛《いた》いほどに。

「ライナ……」

キファが目を閉《と》じ、顔を上げた。綺麗《きれい》な、キファの顔がすぐ目の前にあって……

ライナはそれを、見つめた。

自分の緩んだ瞳で。

忌《い》まわしい、自分の黒い瞳で見つめた。

その目には死が宿っているという。災厄《さいやく》が宿っているという。

その目を持つものは、忌《い》み嫌《きら》われる……


「あ、あはは。どうしたキファ。ったく、んな冗談《じょうだん》ばっかり言ってると……」

ライナは乾いた笑い声をあげながら、キファから離《はな》れた。

めんどくさかった。ほんとうに全《すべ》てがめんどうで……

と——

キファもなんの抵抗《ていこう》もなく、ライナから離れた。

「そうだよね……やっぱり私にはなにも手に入らないんだよね……わかってたのに……わかってたのに私って馬鹿《ばか》だから……」

キファの目は死んだようになにも映《うつ》していなかった。

ライナはそれを見て困った表情で、

「いや、キファ。そうじゃな……」

しかしキファはライナの言葉を遮《さえぎ》って続けた。

「それでも私は、ライナに死んでほしくなかった。ライナだけには……でも……ごめんねライナ。私はあなたを守れなかった……」

そしてキファが、両手で空間に光の文字を描《えが》き始めた。目を閉じ、一つ息を吸《す》うと、

「我《われ》・契約文《けいやくぶん》を捧《ささ》げ・大気に眠《ねむ》る光の精獣《せいじゅう》を宿す」

瞬間《しゅんかん》、キファの目の前の空間に、大きな光の玉が生まれた。

それは魔法《まほう》だった……

しかし、光で魔方陣《じん》を描《えが》いて発動させるローランドのものとはまったく別の魔法。

「な……」

ライナは思わず驚《おどろ》きで声をあげた。

これは異常《いじょう》なことだった。ローランドに属《ぞく》しているはずのキファが、ライナがまったく知らない魔法を使うなんてことがあるはずがないのだ……

そもそも、魔法というのは各国でまったくその形式が違《ちが》う。起動方法も、構成《こうせい》も、術式《じゅつしき》も……だから通常は、自国の魔法以外を使うことはできない、はずなのだが……

キファの目の前に生まれた光の玉は、ゆっくりと空に上っていき、そして弾《はじ》けた。

一瞬強い光を発して、それから再《ふたた》び消える。

ライナはそれを呆然《ぼうぜん》と見つめ、それから再びキファに目を戻《もど》して、

「なにをしたんだキファ」

が、キファは答えなかった。さっきのままの、死んだような、それでいて悲しそうな目でライナを一度見つめてから、

「さよなら」

突然《とつぜん》走りだす。

「ちょ、待……」

とそこで、後ろからシオンがやってきて、

「なんだいまの光は？　ライナ。いったいなにが……」

ライナの言葉も、シオンの言葉もそこまでだった。

それは突然起こった。

ライナの目の前に、人の上半身が投げ出されたのだ。

「え……」

文字通り上半身のみ。下半身は視界《しかい》のどこにも見当たらない。

「な、なんだ!?」

シオンが叫《さけ》んだ。

直後。

ライナたちがいる空間全《すべ》てが悲鳴《ひめい》に包まれた。

それは異様《いよう》な光景だった。

死神の持つような巨大《きよだい》な鎌《かま》を持った、流線型の赤い甲冑《かっちゅう》が、真紅《しんく》の残像《ざんぞう》を残しながら信じられないスピードで平原を駆《か》けまわっている。

そして……

その甲冑が通るたびに、ライナたちの仲間の首や胴《どう》が次々と空中にはね上げられる……

その光景はまさに、地獄《じごく》だった。

地獄のような光景……

シオンが叫んだ。

「エスタブールの魔法騎士団《まほうきしだん》!?　なんでこんなところに!?」

なんでこんなところに……

その言葉に、ライナは顔をしかめた。キファの使った魔法は、どうみても、なにかの信号のようにしか見えなかった……

じゃあ、このエスタブールの魔法騎士団をキファが呼び寄《よよ》せた？　キファはエスタブールからの間者《スパイ》だったのか？　しかしなんのために？

シオンの仲間で構成《こうせい》されているこの部隊は、決して軍部では有力な部隊ではない。いやそれどころか、新人が集まった捨《す》て駒《ごま》のような部隊だ。そんな部隊を叩《たた》くために、エスタ

ブールがわざわざ間者《スパイ》を派遣《はけん》して、さらには魔法騎士団までだしてくるなんてことは考えられない……

じゃあなんだ？　いったいいま、なにが起こってるんだ？

ライナは思考して、思考して、

「ああもうわからん！　めんどくさいし！　なんでこんなことになってんだ！」

慣《な》れないことをしたせいか、すぐにキレた。

まあそれはともかく、状況《じょうきょう》は悪化の一途《いっと》をたどっている。

シオンが周囲を見まわして、

「くそ！　このままじゃ全滅《ぜんめつ》だ……全員退却《たいきゃく》しろ！　なんとか森の中へ逃《に》げろ！　態勢《たいせい》を立てなおすぞ！」

シオンの号令で、戦況が変わった。

ただただ驚きと恐怖《きょうふ》で動けなくなっていた部隊の面々が、森へ向かって動きはじめる。

シオンはそれを確認《かくにん》すると、ライナのほうを向き、

「ライナ！」

「へ？」

「俺たちも生き延《の》びるぞ！」

「え……あ、ああ！」

そして二人は走りだした。


森の中。

ライナとシオンは木陰《こかげ》で息をひそめていた。

さっきの戦場からはだいぶ離れたと思う。周囲に仲間の姿《すがた》が一人も見えないのはそのせいだ。それでも、二人は緊張《きんちょう》を解《と》いていなかった。

いや、解けずにいた。

小声でシオンが言う。

「……きっとここも見つかるな」

「そうかな？」

「ああ。相手は魔法騎士団だ。そうそう簡単《かんたん》に逃《に》がしてはくれないだろう」

「えー？　でもかなり離れたぜ？　ここまでは追ってこないだろう？」

「かもな。だが俺《おれ》たちは……」

そこで突然、シオンが言葉を止めた。

ライナはそれに、

「俺たちは？　なんだよ？」

が、シオンはそれには答えずに、

「なあライナ。敵《てき》が何人くらいいたかわかるか？　俺が確認しただけでも二十はいたが
……」

しかしその問いに、

「いや、五十だよ」

ライナが首を振《ふ》って、あっさり答える。

そんなライナを驚いた目でシオンが見つめ、

「ってライナ……おまえあんな状況で、敵を全部確認できたのか？」

「できるかよ。ただ、暴《あば》れまわってた魔法騎士の一人が、『馬鹿《ばか》め。魔法騎士五十人から逃げられると思ってるのかー!?』とか言って笑ってたから、そりゃ五十人なんだろ？」

「ああ、なるほど」

シオンはうなずいた。そのまま目を細めて、続ける。

「ふむ……あの状況で、何人が逃げ切れたか……水場と食料を探しにいった奴らを除《のぞ》いても、約百人……」

「…………そうだな。で、なにが言いたいんだ？」

　しかしそれにもシオンは答えずに、

「タイルやトニー、ファルもあの中にいるな」

「だからおまえ……」

「キファもいるかもしれない。どう思うライナ？」

「はぁ……」

　そこでライナがため息をついて言った。

「ったく……めんどくせぇなぁ……はいはい。わかったよ。助けにいくって言いたいんだろシオンは？　でもどうする？　相手は魔法騎士団《まほうきしだん》だぞ？　それも五十人……まともに戦《や》りあったら、絶対《ぜったい》殺されちゃうぞ？」

　シオンもそれにはうなずく。

「そうだな。仲間を助けて、戦わずに逃げるしか方法はないだろうな」

「んなの無理《むり》だろぉ？」

「でもやらなきゃならない」

「うぁ……俺そういう義務《ぎむ》っぽいの苦手なんだよなぁ……」

　とそこで、シオンの表情《ひょうじょう》ががらりとかわった。好戦的な鋭《するど》い笑み。全身を強《こわ》ばらせ、

「確かにライナ。おまえの言う通り……戦わないで逃げるなんてのは無理そうだ」

瞬間《しゅんかん》。

ざく！

ライナとシオンが隠《かく》れていた木の幹《みき》に、深々と鋭い鎌《かま》が突《つ》き刺《さ》さり……

「みぃつけた～」

魔法騎士だった。

エスタブールの、赤い魔法騎士……

二人は弾《はじ》けるようにその場を離れた。

魔法騎士から距離《きょり》を取って振《ふ》り返ってみると、そこには三人の赤い甲冑《かっちゅう》を着こんだ男たちが立っていた。

「ああ～………最悪……」

ライナは顔をしかめる。

エスタブール王立魔法騎士団……

それは死の象徴《しょうちょう》だった。

魔法騎士という名前が冠《かん》された部隊はどこの国だって同じだが……

万単位の戦局をたった一部隊で覆《くつがえ》してしまうほどの力を持っている。ひとたび戦場に現《あらわ》れれば、その死神の集団は全《すべ》ての敵を屠《ほふ》り、戦場に屍《しかばね》の山を築く……

魔法騎士団に対抗《たいこう》できる力は、唯一《ゆいいつ》魔法騎士団しか持っていない。

エスタブール王立魔法騎士団には、ローランド帝立魔法騎士団でしか対抗できないのだ。

こんな、まだ学院を卒業してもいない、ライナたちでは、まるで歯が立つわけがない……

シオンが学院で首席だったとか、そんなものとは次元が違うのだ。

誰《だれ》もが知ってる。

魔法騎士ににらまれたら、死、あるのみ。

シオンが叫《さけ》んだ。

「ライナ！　おまえだけでも逃《に》げろ！　ここは俺《おれ》が……」

が——

「ああ……ほんとにめんどうだなぁ……」

ライナはここにきて、急に平静を取り戻していた。緩《ゆる》んだ瞳《ひとみ》は、この局面でもなお、緩んだまま。

目の前の残忍《ざんにん》な笑《え》みを浮《う》かべた魔法騎士を見据《みす》える。

そんなライナをにやにやしながら、

「さぁ逃げていいよぉ〜楽しませてくれローランドの犬。すーぐに殺してやるからさぁ〜」

魔法騎士が間延《まの》びした声で言ってくる。

だが、ライナは動かない。

「なんだよぉーもうあきらめちゃったのかぁ？　逃げなきゃおもしろくないじゃないかぁ～まあ、どうせ俺らから逃げられるわけがないんだから、正しい判断《はんだん》だけどなぁ」

瞬間《しゅんかん》、シオンが動いた。ライナの肩《かた》をつかんで、

「なにやってるんだライナ！　逃げるんだよ！　たとえ無理でも、あきらめるな！」

無理矢理引っ張って走りだそうとする。

それを見て、魔法騎士の顔が輝《かがや》いた。

「ははぁ！　おまえはおもしろそーじゃないかぁ！」

続いて残り二人の魔法騎士も、

「ベドム。あまり遊んでローランドの犬どもを殺しのがすなよ」

「さっさと殺しちまえよ」

そして魔法騎士たちは鎌を振り上げ、シオンを追いはじめた。

その動きは、巨大《きょだい》な鎌に甲冑という姿《すがた》とは思えないほど敏速《びんそく》……

「くそ……逃げ切れないか……」

シオンは足を止めた。つかんでいたライナの肩を離し、そしてすぐさま、空間に魔方陣《じん》

を描《えが》きはじめる。

「求めるは雷鳴《らいめい》〉〉〉・稲光《いづち》」

瞬間、シオンの描いた魔方陣に激《はげ》しい光が現れ、魔法騎士の一人に向けて放たれようとしたとき……

いつのまにか魔法騎士も空間に文字を描いていた。ローランドのものとはまた違う形式の魔法……

エスタブールの魔法……

キファが描いていたものと同じ……

やはりキファは……

魔法騎士が唱《とな》える。

「我《われ》・契約文《けいやくぶん》を捧《ささ》げ・大地に眠《ねむ》る悪意の精獣《せいじゅう》を宿《やど》す」

途端《とたん》、魔法騎士の全身がきらめき……

加速した。

あまりの速さにシオンの『稲光《いづち》』は目標を失って外《はず》れる。

「く……」

とっさにシオンは次の魔法を唱えようとするが……

「ひゃはぁ！」

圧倒的《あっとうてき》だった。シオンが動く間さえなく、魔法騎士《まほうきし》がすごい勢《いきお》いで突進《とっしん》してきて、彼の頭に掌《て》を叩《たた》きつけてきた。

「ぐあ⁉」

激《はげ》しい衝撃《しょうげき》に、シオンがのけぞる。意識《いしき》がもぎ取られそうになる。しかし魔法騎士はシオンの頭を離《はな》してくれない。

「ひゃははは死ねやおらぁ！」

そのまま体ごと後ろの木に叩きつけようと……

とそこで、ライナが手を空中に差し伸《の》べ、信じられない速さで光の文字を描きはじめた。

そして……

「我・契約文を捧げ・大地に眠る悪意の精獣を宿す」

直後。

ライナの体が加速した。

ものすごい速さで、シオンを木に叩きつけようとしている魔法騎士に追いつき、

「ほい」

その頭を蹴《け》りつけた。その蹴りもまた、加速されている……

瞬間。

「ぐあ⁉」

魔法騎士がうめき声とともに吹っ飛んだ。それはもう、とんでもない勢いで吹っ飛んでいく。蹴ったライナが驚《おどろ》くほど……

それほどこの、エスタブールの魔法がすごいということなのだが……

蹴り飛ばされた魔法騎士は、地面で二転三転したあと、その場で動かなくなる……

どうやら気絶《きぜつ》したようだ。

それを確認《かくにん》してから、ライナはシオンを助け起こして、

「おい。大丈夫《だいじょうぶ》か？」

「あ、ああ……だがおまえ……いまの魔法は……？」

「はぁ。シオンはわかってるだろ？　ったく。これは使いたくなかったのにさぁ。使ったの七年ぶりだよ……」

「……じゃあそれはやっぱり……」

シオンが言いかけたところで、残りの二人の魔法騎士たちが言ってきた。

「き、貴様《きさま》……なぜ我らエスタブールの魔法を使えるんだ⁉」

「何者だ⁉　おまえもエスタブールのものなのか？」

「し、しかし、ローランドに男の間者《スパイ》を潜入《せんにゅう》させているという情報《じょうほう》はなかったぞ？」

なんてことを言ってくる魔法騎士たちに、ライナはめんどくさげな表情《ひょうじょう》で、

「んぁ？　そりゃ俺《おれ》はエスタブールの間者《スパイ》じゃないからなぁ……んな情報はないだろね」

「じゃ、じゃあなんで貴様はエスタブールの魔法を……」

とそこで、魔法騎士の一人が、振りかえったライナの顔を見て……

いや……

ライナの瞳《ひとみ》を見て、震《ふる》え始めた。

「お、おい……あいつの目を見てみろ……あいつの目……」

言われてもう一人もライナの目を見てみる。

こんな状況《じょうきょう》でもどこかやる気のなさそうな緩《ゆる》んだ目。

黒い瞳。

そして……

その中央に浮かび上がった真紅《しんく》の五方星《ごほうせい》……

それを見て、魔法騎士は驚愕《きょうがく》の表情を浮かべる。

「ご、五方星が浮いてる……ま、まさか、貴様、『複写眼《アルファ・スティグマ》』保持者《ほじしゃ》なのか⁉」

「な⁉　じゃ、じゃあ、あの災厄《さいやく》を引き起こした……ひぃ⁉」

瞬間《しゅんかん》、もう一人の魔法騎士が悲鳴《ひめい》をあげた。

『複写眼《アルファ・スティグマ》』

その言葉はいつも、畏怖《いふ》と、嫌悪《けんお》の感情を持って口にされる……

平常《へいじょう》を逸《いっ》した魔法騎士が、震《ふる》える手で空間に文字を描きはじめた。

「わ、我《われ》・契約文《けいやくぶん》を捧《ささ》げ・天空を踊《おど》る光の……」

「ば、馬鹿《ばか》！　相手は『複写眼《アルファ・スティグマ》』保持者だぞ⁉　魔法は使うな！　エスタブールの魔法を盗《ぬす》まれるぞ！」

が、遅《おそ》かった。

空間に展開《てんかい》されていく、魔法の力。

それをライナはただ見ただけ。あいかわらずぼけっとした表情でただ見ただけで、ローランドのものとはまったく違うはずの、エスタブールの魔法を、構成、形式、性質《せいしつ》、威力《いりょく》、全《すべ》てを見ぬき、そして、
ライナの手が空間を踊った。それも見えないほどの速さで……

「我・契約文を捧げ・天空を踊る光の……」

『光の魔獣《まじゅう》を放つ』
魔法《まほう》の完成は、相手の魔法を複写《ふくしゃ》しながら構築《こうちく》しているライナのほうが若干遅《じゃっかんおそ》かった。
しかし、発動はライナのほうが先……
ライナの頭上に光でかたどられた、いまいち不定形な犬のような獣《けもの》が現《あらわ》れる。
そしてそれが、魔法騎士二人に襲《おそ》いかかって……
「こ、こいつ……化物だ……」
魔法騎士たちは激《はげ》しい衝撃《しょうげき》に気を失った。
ライナはそれを確認したあと、不満げな顔で、
「威力弱めて手加減《てかげん》してやってんのに、化物とか言うなよなぁ……」
そうしてあっさり戦闘《せんとう》が終わってしまった。
ライナ一人で、魔法騎士三人組をいとも簡単《かんたん》に撃退《げきたい》してしまったのだ……
これが『複写眼《アルファ・スティグマ》』の力……
これが万年成績《せいせき》最下位のライナの力……
シオンはそれを見て、
「っておまえは！」
いきなりライナの頭をはたいてきた。

「うわ！　って……へ？　へ？　なんだよいきなり」

　ライナは頭を押《お》さえて文句《もんく》を言う。

　シオンはそれでも怒《おこ》った表情のまま、

「寝《ね》ぼけたフリするのもいい加減にしろよ！　おまえのその力を使えば、魔法騎士五十人に襲われても撃退できたんじゃないのか？　仲間たちが死なずにすんだんじゃないのか⁉」

「ば……馬鹿《ばか》言うなって。五十人の魔法騎士相手に勝てるわけないだろう⁉　いまの相手だって、『複写眼《アルファ・スティグマ》』見て油断《ゆだん》してくれたからあっさり倒《たお》せたように見えたけど、それでもたったの三人……いや、実質二人だぞ？　無理《むり》だって！」

「それでも戦場でその力を使ってれば、もう少しなんとか……」

　が、ライナはシオンを無視《むし》して背《せ》を向けた。そして深いため息をつく。

「あ〜もう言ってろ。こっちだっていろいろ事情《じじょう》があんだよ。使ったのだって七年ぶりだし……それに……」

　しかしシオンはそこで、ライナの言葉を遮《さえぎ》って、

「くそ！　なにやってんだ俺は！　違う……すまない。興奮《こうふん》した。一気に仲間を失って……」

「……ああ。わかってるよ」

シオンが言った。

「仲間たちを助けにいこう」

「ん……」

そして、二人が元きた道を戻《もど》ろうとしたとき……

「ふむ。これはおまえらがやったのか？」

突然《とつぜん》声がかかった。

顔をあげると、いつのまにか目の前にまた一人、魔法騎士の男が立っていた。

いやただの魔法騎士じゃない。同じ赤い甲冑《かっちゅう》を着ているが……少しだけ形状《けいじょう》が違《ちが》うし、その雰囲気《ふんいき》もひどく落ちついていて……

男はライナたちの後方に転がっている三人の魔法騎士を見つめて、

「ほう……三人も倒したのか。いったいどうやった。おまえらにそんな力があるとは思えないが……」

ライナたちは緊張《きんちょう》した。あきらかにさっきの奴《やつ》らとは違う。隙《すき》がない。油断もない。

と――

男の後ろからまた一人、魔法騎士がやってきて、

「隊長。北に逃《に》げた奴《やつ》らは全《すべ》て……」

言いかけて、魔法騎士がライナたちに気づく。当然、その後ろに倒《たお》れている三人の魔法騎士の姿《すがた》にも……

「な⁉　ベドムたち⁉　き、貴様《きさま》らがやったのか？　だがいったい……」

そこで隊長と呼《よ》ばれた男が、部下の魔法騎士を制《せい》するように手を上げた。

「黙《だま》れラクス。俺《おれ》が話している。で、あのエスタブールの魔法騎士たちを倒したのは、君たちなのかい？」

ライナとシオンはひるんだ。

その男の顔に……

その顔は、口調は丁寧《ていねい》だが、まるで獰猛《どうもう》な獣《けもの》のようだった。それにもう目の前に魔法騎士が二人もいるのだ。これ以上増《ふ》える前に倒しておかなければ……

いくらライナが『複写眼《アルファ・スティグマ》』を持っていても、殺される……

ライナが動いた。

空間に文字を描《えが》き、エスタブールの魔法を唱えようとする。

しかし、この男は驚《おどろ》かなかった。ライナの目を見据《みす》えて、

「ほほう。『複写眼《アルファ・スティグマ》』とは珍《めずら》しいな。それで俺の部下を倒したのか？　この……ローランドの豚《ぶた》がぁ⁉」

うってかわって男の全身から殺気《さっき》が吹《ふ》き出した。しかし男は動かない。動かず、目線をライナの後ろ何か所かに移動《いどう》させて、

「全員かかれ。珍獣《ちんじゅう》がいるぞ。捕獲《ほかく》しろ」

瞬間《しゅんかん》、いつのまにか森にひそんでいた、数十もの魔法騎士たちが飛び出してきた。

「な⁉」

驚きで、思わずライナの魔法の展開《てんかい》が止まる……

この人数相手じゃ、勝ち目はまるでない……

と――

シオンの体が魔法騎士に殴《なぐ》り飛ばされた。

「シオ……うあ」

続いてライナも背後《はいご》から蹴《け》り倒され、前方へと吹っ飛ぶ。そのまま今度は頭を踏《ふ》みつけられて……

「ぐ……」

ライナの頭を踏みつけたのはあの男だった。隊長と呼ばれた、獣のような男。

動けなかった。背中《せなか》を蹴り飛ばされたときのあたりどころが悪かったのか、脳《のう》が揺《ゆ》れて、平衡感覚《へいこうかんかく》が戻《もど》ってきていない。おまけにこの数の魔法騎士たち……

ただでさえ、戦っても勝ち目はないというのに……

とそこまで思考したところで、

ごり！

男の頭を踏みつけてくる力が強まった。それで意識《いしき》が一瞬、少し遠のく。

男が言った。

「ははは。『複写眼《アルファ・スティグマ》』なんていっても噂《うわさ》ほどのもんじゃないな。だがまあ、珍しいじゃないか。目玉をえぐりだしてコレクションの一つにしよう」

ライナは男の顔をぼけっとした瞳で眺《なが》める。

くだらない男だ……

こんな男に目をえぐられるのか……

この目を……

ああでも……

それもいいかもしれない。いつだって重荷だったんだ。こんな目……

忌《い》み嫌《きら》われ、畏《おそ》れられ……

はぁ……めんどくさいよ全部……

えぐられるってのは、痛《いた》いのかな……

ってまあ、殺されるんだから関係ないか……でもできれば痛くしないでもらい……とそこまで考えたところで、また、今度は強烈《きょうれつ》な衝撃《しょうげき》が頭を襲《おそ》った。

男が、まるで石でも蹴るかのように無造作《むぞうさ》にライナの頭を蹴り飛ばしたのだ。

そしてライナに言ってくる。

「なんだその目は？　もっと怯《おび》えろよ。もっと楽しませろよ。ああ？　こっちは腹《はら》が立ってんだ。あの裏切《うらぎ》り者の女に担《かつ》がれてこんなローランドくんだりまできてみりゃ、なんだ？　ローランドの魔法騎士どころか、こんなクソみてぇなガキばっかりいやがる。どういうこったこら？　おまけにてめえはムカック面《つら》しやがって……」

そしてもう一度、ライナは頭を蹴り飛ばされた。

「ぐぁ……」

口の中が切れた。頭がぼやける。

ぼやけた頭に男が口にした言葉が巡《めぐ》る。

裏切り者の女……

キファのことか？

ああ～キファは逃げ切れたんだろうか……？

シオンは……？

とそこで、また蹴られた。

「…………」

今度は声も出なかった。それどころか、痛みすらもう感じなくなり始めていた。

ただひどく全《すべ》てがどうでもよくなって……

もとから、がんばるとかって嫌《きら》いなんだよなぁ……

なんて思ったりして……

すると、またライナは髪《かみ》の毛をつかまれ、持ち上げられた。

男の顔が目の前にくる。

「おい化物。おまえほんとむかつくよ。俺はすぐあきらめる奴《やつ》が嫌いなんだ。あきらめて、逃げて、それじゃ俺が楽しくないじゃないか。ああ？　なんだその目は？『複写眼《アルファ・スティグマ》』だって？　はは。笑わせるな。まあいいや。じゃあおまえ、ちょっと一緒《いっしょ》に見ろ。ほれ。おまえのお仲間さんだ」

と、ライナはつかまれたままぐるりと向きを変えられた。

するとそこには……

シオンとキファが後ろから羽交《はが》い締《じ》めにされて、立たされていた。

キファはライナを見た瞬間、目をそらし、シオンは憎々《にくにく》しげにライナを……いや、ライナをつかみあげている男をにらみつけていた。

男が言った。

「あの二人を見てどう思う？　ええ化物」

「………」

ライナは答えない。答える体力はもう残っていない……

すると男はまた、ライナを殴りつけてから、

「わかんねぇなら教えてやるよ。全部殺してやったんだ。ははは。もうおまえの仲間はあいつらしか残ってないってわけだ」

それを聞いて、シオンが愕然《がくぜん》とした表情《ひょうじょう》で呟《つぶや》くのが見えた。

「な……じゃあ、タイルも……ファルも……」

しかしライナはなにも感じなかった。妙《みょう》に頭が冷《さ》めて、なにもかもがどうでもよくなって……

「おい。まだそんな目してんのか。つまんねぇよおまえ。それとも人間が何人死のうが、『複写眼《アルファ・スティグマ》』の化物にとっちゃ関係ないか？」

ばけ、もの……？

その言葉が、ライナの頭を巡った。

そうだ。俺は化物だ。いつも言われていた。

化物ばけものバケモノ。

汚《けが》らわしい化物。

力を見せれば化物だと言われる。

力を解放《かいほう》すれば化物だと言われる……

恐《こわ》い。それが恐い。

人が死んでも、仲間が死んでも……自分はバケモノだから涙《なみだ》もでない……

ただ頭が澄《す》んでいくだけ。

どんどんどんどん澄みわたって……

男が言った。

「もうだめだな……こいつはなに言っても反応《はんのう》しやがらねぇ。ちっと頭を蹴り過ぎたか。はは。まあいいや。よし、もう終わりだ。さっさと後始末《あとしまつ》して帰るか。そっちの銀色の髪《かみ》のあんちゃんは殺しちまえ。女は……好きにしていいよ。だが俺がやるぶんは残しとけよ」

瞬間、
「ぐあ!?……う……うあ」
シオンが殴《なぐ》られ始めた。何度も何度も。
奇妙《きみょう》な光景だった。笑っている集団に、シオンが何度も殴られている……
あのままじゃ死ぬだろう。
それをライナは、ぼんやりした瞳《ひとみ》で見つめていた。
死ぬ……
死ぬ……
シオンも、キファも、俺も、みんな……
たくさんたくさんたくさん死んで……
意識が遠のく。
意識が遠のく。
恐いのに。
意識が……
そのとき悲鳴《ひめい》と歓声《かんせい》があがった。
キファの悲鳴と、男たちの歓声……

「やめて⁉　嫌《いや》ぁ⁉」

男たちがキファに群《むら》がっていく。

キファに……男たちが……

ライナの目が細まった。

鋭《するど》く、強く……

なにも感じない。

大切なものは、全《すべ》てが無に帰していく。

それはいい。

それはいい。

それを俺は望んでいる？

感覚が冴《さ》え渡《わた》り、どんどんどんどん冴え渡り、世にある存在《そんざい》すべてのものの構成《こうせい》が視界《しかい》に広がる……

数値《すうち》で、グラフで、模様《もよう》で……

人が死ぬ。

しかし全てがどうでもいい。

さあ終わらせよう。

全てを。

望むままに。

解放《かいほう》する。

開け。

殺せ。

全てだ。


目に見えるものが全て消えるまで……


「あ、あああ」

意識《いしき》してないのに声が口から漏《も》れ出ていた。だけどそれがどうした？　もうなにもかもがどうでもいい。意識が朦朧《もうろう》とする。消えろよ全部。めんどくさい。人が死のうが、生きようが……

「あ、あああああああああああははははははははははははははははははははははははははははは」

ライナは笑っていた。狂《くる》ったように笑っていた。

「なんだこいつは。ついに狂っちまったのか？」

突然《とつぜん》笑い出したライナを男が訝《いぶか》しげに振《ふ》り向かせた。まわりにいた魔法騎士《まほうきし》たちも、その声に一斉《いっせい》にこちらを向く。

そして……

「な……」

男はライナを見て、うめいた。

「お、おまえ……なにやってるんだ」

ライナの目が見開いていた。

瞳の中央には真紅《しんく》の五方星。五方星。五方星。

一つじゃない。いくつもいくつも瞳の中で増殖《ぞうしょく》を繰《く》り返し、その一つが突然、ライナの目から放たれ、男の胸《むね》に張《は》りついた。

「へ？　なんだこ……」

男が言う間もなかった。ただどこからか声が堕《お》ちてきて……

『逆《さか》らうな。おまえの分子は砂《すな》になって消えろ』

瞬間《しゅんかん》。

ひゅんっという奇妙な音とともに、男が砂になった……

そして崩《くず》れ落ちる……

「な⁉」

「き、貴様《きさま》なにをやった⁉」

それに驚《おどろ》いたのは魔法騎士たちだった。一斉《いっせい》に色めき立ち、ライナを取り囲む。

「な、なんだいまのは……魔法か？　魔法なのか？」

が、ライナは答えない。狂ったように笑っていたときとはうってかわって、こんどはまったく口を開かない。

なのに……

『神。悪魔。邪神《じゃしん》。勇者。化物。貴様らはなんて呼ぶ？　貴様らはなんて呼ぶ？　ははははははははははははははははは』

声が響《ひび》く。笑い声が響く。魔法騎士たち全員の頭に、直接声が堕《お》ちてくる。

不安がかきたてられるような、絶望的《ぜつぼうてき》な声。

その声を聞いて、

「なんなんだよこれはぁ⁉」

「こ、殺せ！　とにかくあいつを……」

魔法騎士たちは一瞬にして恐慌状態《きょうこうじょうたい》に陥《おちい》った。

数十人の魔法騎士たちが、一斉に魔法を唱え始める。これだけ密集《みっしゅう》した状態で魔法を放てば、味方にも犠牲《ぎせい》がでるだろうに……誰《だれ》も躊躇《ちゅうちょ》しなかった。それほど、目の前にいるなにかに、恐怖《きょうふ》していた。

「我《われ》・契約文《けいやくぶん》を捧《ささ》げ・宙《ちゅう》を覆《おお》う精霊《せいれい》の力を放つ」

魔法騎士たちが唱えたものは、全て同じ魔法だった。唱え終わった瞬間、青い渦《うず》が空間に現《あらわ》れ、そしてライナへと放たれる。

「死ね化物！」

「エスタブール最強の攻撃《こうげき》魔法で塵《ちり》になれ！」

直後。

『魔法？　これが魔法？　こんな単純《たんじゅん》な構成が？　はははははは』

また声が響いた。

そしてライナが手を掲《かか》げると、目からこぼれ出た五方星が手の平に張りつく。

その五方星が真《ま》っ赤《か》に光り輝《かがや》き、

『存在《そんざい》を解析《かいせき》・解除《かいじょ》』

瞬間。

ライナに迫《せま》っていた青い渦が、全て消滅《しょうめつ》してしまった。いやそれどころか、ライナの前方にいた数人の魔法騎士も、なにか、よくわからないものの余波《よは》を受けて、消滅してしまう。

「…………」

それを見て……

すでに、魔法騎士たちは言葉を失っていた。

圧倒的過ぎ《あっとうてきす》た。

化物とかそんなレベルじゃない……

これは……

「……神だ……」

魔法騎士の一人が、震《ふる》えながら呟《つぶや》いた。

すると、ライナが突然大きく手を広げて、そしてまた、声が響く。

『α《はじまり》は破壊《はかい》だ。我はなにも生み出さない。恵《めぐ》まない。救わない。ただ消すだけ。真っ白に』

と――

ライナが動き出した。

目の前にいる男の頭をつかんで、手の平の五方星を押しつける。

『砕《くだ》けろ』

そして砕けた……

「ひ、ひぃ⁉」

逃げようとする魔法騎士の一人に、やはり真紅の烙印《らくいん》を押しつけ、

『壊《こわ》れろ』

壊れた……

『は……は……ははははははは。消えろ。潰《つぶ》れろ。弾《はじ》けろ。破裂《はれつ》しろ』

次々と言葉通りになった。

物質《ぶっしつ》は全《すべ》て、その声に従《したが》うかのように、なんの抵抗《ていこう》も見せずに砕け、弾け、潰れた。

数人の魔法騎士たちは、あまりの恐怖《きょうふ》に動けなくなった。また別の魔法騎士たちは、必死に魔法を唱え、応戦しようとした。

無駄《むだ》だった……

「ば、化物だ。こ、殺される⁉」

「逃げろぉ⁉」

魔法騎士たちは散り散りに逃げはじめる。

が――

『逃がさない。消してやる。全てだ。全……』

とそこで、ライナの目に――いや、もうライナと呼べるモノではないかもしれないが――少女が映《うつ》った。そしてその横にいる男も……

キファとシオンだった。二人は驚愕《きょうがく》の表情《ひょうじょう》でライナを見つめている。その目に浮《う》かぶ色は、恐怖、怯《おび》え、嫌悪《けんお》……

ひどく不快《ふかい》だ。

鋭《するど》い痛《いた》みが頭を突《つ》き刺《さ》す。消さなければならないと思った。消すのはたやすい。壊すのも。潰すのも。

ライナは手をあげ、それから――

体をびくびくと震《ふる》わせた。

できない。殺せない。体が動かない。

なぜ？

声が響く。

『な、んだこれ……は……力が……五方が消えていく…………………………なんだ……契約が……違う……全てを消……く』

そして再《ふたた》び動きはじめた。ライナはキファとシオンの前までゆっくりと歩いてきて、二人の喉《のど》をとらえて、持ち上げる。

「あう……ライ……ナ……やめて……」

「ぐぅ……」

二人はうめく。

それを聞いた瞬間《しゅんかん》、再び体の動きが鈍《にぶ》る。全身から力が抜《ぬ》けて……

前にも一度あった。あの少女を殺そうとしたときも確《たし》か、力が抜けて……

ライナは全身の力を振《ふ》り絞《しぼ》った。キファとシオンの首をぐいぐいと締《し》めあげながら、うめくような声を響かせる。

『おまえらは……危険《きけん》……だ……死……くそ……力が……抜け……目が閉《と》じ……る……』

キファが叫《さけ》んだ。

「ラ……イナぁ！」

瞬間、致命《ちめい》的な痛みがライナの体を突き抜けた。

ライナは顔をしかめる。いや、必死になにかに抵抗《ていこう》するように、顔をゆがめて、体を震わせて、

『や……めろ……閉じ……るな……』

と――

ライナの目が半分まで閉じたところで突然、手の力が緩《ゆる》んだ。

その隙《すき》を逃《のが》さずに、シオンがライナの手から逃げた。それからキファの首に絡《から》みついているライナの手に蹴《け》りを入れて外《はず》し、

「なるほど……そういうからくりか」

シオンはライナの顔に……いや、その目に手をあてて……

「閉じるぞ？」

その声に、ライナの顔がなぜか、笑みを浮かべたように見えた。

そして――

『やめ……貴様《きさま》……ら……』

そこで、声は途切《とぎ》れた。

「…………………」

しばらくそのまま、三人とも無言。

それから、ライナはシオンの手を取り、

「助かった」

どけた。

シオンはライナの顔を見据《みす》え、ライナはその目から逃げるように視線《しせん》を逸《そ》らした。いつ

もの緩んだ瞳《ひとみ》……いや、なぜか少し悲しげなその瞳は、尻《しり》もちをついたまま、呆然《ぼうぜん》とした様子で黙《だま》りこんでいるキファを見て、それからまわりを見まわした……

砂になったり砕け散ったり……普通《ふつう》じゃ考えられないような死に方をしている魔法騎士たちの軀《むくろ》の山。

信じられないほどの殺戮《さつりく》の光景。

それからライナは、自分の、いまはもう五方星が貼《は》りついていない手の平を見つめて、

「……まただ」

彼が呟《つぶや》いたのはそれだけだった……

シオンもライナがもとに戻ったのを確認《かくにん》すると、周りを見まわしていた。

周囲の死体の山を、ライナを、そしてキファを見つめてから、キファに向かって、

「………君を仲間にしたのは俺の過失。タイルや、トニーやファル……仲間が死んだのも俺の過失。戦争が起きたのも……俺がいま王じゃないのも……」

目を細めた。

それから、三人は振り向く。

いままでは気づかなかったが、後方から、大地を揺《ゆ》るがすような大きな音が響きはじめていた。彼らの背後《はいご》……まだ遠目にやっと見えるくらいの場所に、砂煙《すなけむり》をあげて、大軍が

押《お》し寄《よ》せてきている。

ローランド帝国《ていこく》の国旗を掲《かか》げた大軍。

軍……

兵の群《む》れ……

人を殺すためだけに組織《そしき》された群れ。

ライナはそれを眺《なが》めて、

「くだらない」

再びぽつりと呟いた。

第五章　悲しい過去たち

ライナ・リュートは自室で寝転《ねころ》がっていた。あいかわらずベッド以外なにも置いてないという、がらんとした部屋。ベッドの周りにはまだ、キファが置いていった雑貨類《ざっかるい》がところせましと置かれているが……

その当のキファは、いまはもう、どこにいるかわからない……

あの戦場で、ローランドの魔法騎士《まほうきし》に捕《と》らえられたまま、ライナたちとは引き離《はな》されてしまったのだ。

「…………」

ライナはベッドの上で、まるで片付《かたづ》かない周囲の雑貨類を眺《なが》めまわすと、

「はぁ……勝手に人の部屋に物置いてくなよなぁ……片付けるのめんどいじゃないか……」

気だるげな表情《ひょうじょう》で呟《つぶや》いた。それからまた、ぼーっと天井《てんじょう》を見上げ、少し、目を閉じた。

戦争はあっさり終わっていた。

エスタブールが降伏《こうふく》したのだ。理由は簡単《かんたん》。エスタブールで最強の部隊、エスタブール王立魔法騎士団が、たった一人の人間に敗《やぶ》れてしまったから……

その情報《じょうほう》は、生き残ったエスタブールの魔法騎士たちが自国へ帰って流すやいなや、エスタブール中を混乱《こんらん》に陥《おとしい》れた。

そして、すぐさまローランドに降伏の申し入れがあったのだ……

しかしそれも仕方のないことだろう。

国の威信《いしん》を背負《せお》っているとも言える、最強の部隊、魔法騎士団五十人を、たった一人で打ち破ってしまうような兵を抱《かか》えている国と、戦争なんかできるわけがないと思ったのだ。

そして、エスタブールはローランドのものとなった。

いま国は、永年《ながねん》にわたって戦争を続けていた相手を、打ち倒《たお》した喜びに包まれている。

敵《てき》をたった一人で打ち倒した英雄《えいゆう》は……

シオン・アスタールという名前だった。

いや、もちろんほんとのところは、ライナが魔法騎士団を壊滅《かいめつ》したのだが……

民衆《みんしゅう》の間に、一人で敵《てき》を打ち滅《ほろ》ぼした英雄がいるという噂《うわさ》が流れたとき、シオンがすぐさま名乗り出たのだ。おまけにライナの聞いた噂では、シオンは王族の血を引いているのだという……

そんなこんなもあってか、シオンはめっきり救国の英雄だの、次期王様候補《こうほ》だのと呼《よ》ばれるようになっていたりして……一瞬にして彼は軍部の上層部《じょうそうぶ》にまで出世してしまった。

だからキファ同様、あれからライナとはまったく会っていなかった。

そう。

ライナは全《すべ》てを失《な》くしていた。

このほんの短い間に。

戦争は終わったというのに、少し前まであったものが、気がつくと、まわりにはなに一つ残っていなかった。

タイルやトニーやファルだって、もういない。

だが……

「ああ〜……明日学校いくのめんどくせぇなぁ……休も……」

ライナは全然あいかわらずだったりするが……

と——

突然《とつぜん》ライナの部屋の扉《とびら》が開いた。

「おいライナ」

聞こえてきたのはシオンの声。

しかしライナは顔もあげずに、

「ん〜？」

「ん〜？　じゃないよ。ったく。それよりおまえ、いますぐ逃《に》げろ」

「ああ？　なんだよそれ。なんで俺《おれ》が逃げなきゃ……」

といらライナの言葉を遮《さえぎ》って、妙《みょう》に切羽《せっぱ》詰《つま》ったようなシオンの言葉が続く。

「もうすぐここにおまえを捕《つか》まえに兵たちがくる。軍の上層部は、このあいだのことでおまえの『複写眼《アルファ・スティグマ》』を野放しにするのは危険《きけん》と判断《はんだん》したんだ。このままぼけっとここにいたら、投獄《とうごく》されるぞ」

「へ？」

シオンの言葉に、ライナは思わず間抜《まぬ》けな声をあげ、起きあがった。

「なんだそりゃ？　エスタブールの魔法騎士団《まほうきしだん》を撃退《げきたい》したのは、おまえってことになってんだろ？　なんで俺がいまさら……」

「それは俺が名乗り出たからそうなっただけの話で、軍の上層部はおまえが『複写眼《アルファ・スティグマ》』保持者《ほじしゃ》だということを知ってるんだから、すぐおまえがエスタブールの魔法騎士たちを壊滅させたってことはばれたよ」

なんていう言葉に、ライナはますます混乱《こんらん》する。

「って、ちょっと待てよ。それおかしくないか？　じゃあなんでおまえは軍部で出世してるんだ？　おまえが今回の英雄じゃないってバレてるのに……」

ライナが言うと、シオンは疲《つか》れたように頭をかいて、

「あのなぁ……だからそれは民衆への体面を保《たも》つためにそうなっただけだよ。軍部だって民衆の支持《しじ》は得たいからな。英雄を出世させる。そうすれば民衆は軍を支持する。わかったか？　でも実際《じっさい》は、軍の上層部はおまえがエスタブールの魔法騎士を壊滅させたってことを知ってる。そして、恐《おそ》れた。いままでおまえを虐《しいた》げてきたぶん、仕返しを恐れたんだ。だがかといって、これだけ強力な力を手放したくないから、殺すわけにもいかない。だから投獄して飼《か》おう。そういう結論《けつろん》だ」

そんなシオンの言葉に、ライナは目を細める……

「……飼おう？」

「ああ。奴《やつ》らはそう言ってたよ」

「ふ〜ん」

そこでライナは考えこむような、といってなんにも考えていないようなぼけた表情《ひょうじょう》でうなずき、

「しかしシオンはなんでも知ってんだなぁ……出世したもんだ」

なんてことを、まるで田舎《いなか》の老人のようにのんきに呟《つぶや》いてうなずくもんだから、シオンが顔をしかめて、

「っておまえ、もうすぐ兵がくるんだよ。さっさと荷物まとめて……」

とそこで、今度はライナがシオンの言葉を遮《さえぎ》って言った。

「あのさ、ちょっと聞きたいことがあるんだけど」

「ん？　なんだ？」

「シオンは軍の上層部にいるお偉《えら》いさんなんだから、知ってるんじゃないかと思って」

「だからなんだよ？　早くしないと……」

「キファ。どうなった？」

「………」

瞬間《しゅんかん》。シオンが黙《だま》りこんだ。

ライナはあいかわらずぼやけた目のまま、あせるでもなく、ベッドから動こうとしない。逃げる気がまるでないのだろうか？

シオンはそれを見て、苦笑《くしょう》してから、

「キファは投獄されてるよ。理由は……簡単に説明するとこうだ。彼女はエスタブールの間者《スパイ》としてローランドに送りこまれてきた。いや、実際のところ送りこまれたのは彼女だ

けじゃない。彼女の妹と、姉と、三人で送りこまれた。

送りこまれた理由は、まあ、戦争でローランドの魔法騎士団を罠《わな》にはめることができるように、情報《じょうほう》をエスタブールに流すことだったんだが……ローランドの軍もそう甘《あま》くない。彼女たちの正体は、ローランドにきて早々、見ぬかれた。そしてそのとき、キファの姉は殺され、妹は人質《ひとじち》にとられて……そして逆《ぎゃく》に利用されたんだな。エスタブールの魔法騎士団を罠に陥れるエサに。

「ふ〜ん」

ま、詳細《しょうさい》はそんなところだ。だが、用済《ようず》みになった彼女の妹はもうとっくに……」

ライナはつまらなそうにうなずいた。

シオンはそんなライナを見つめて、

「……で、おまえ……逃げるつもりはないのか?」

するとライナは顔を疲《つか》れたようにしかめさせて、

「えーだってさ、逃げるのってめんどくさいじゃん。ずっと逃げるんだぜ? だめだめ。そういうの俺苦手《にがて》なんだよ」

そういう問題でもないと思うが……

そしてまた、ライナはベッドに横になった。

「とりあえず俺は昼寝《ひるね》でもするわ。それから考える」

そのとき、再び扉《とびら》が開いた。今度は武装《ぶそう》した何人もの衛兵《えいへい》たちがあわただしく突入《とつにゅう》してきて、

「ライナ・リュート。命《めい》により、貴様《きさま》を捕縛《ほばく》する！」

ライナはそれに目だけを向けて、

「あ、ほんとに早いや」

まったく緊張感《きんちょうかん》の欠ける、気の抜《ぬ》けた声。

それに扉に寄《よ》りかかって腕《うで》を組んでいたシオンが憮然《ぶぜん》とした表情《ひょうじょう》で、

「……だからもうくるって言っただろ？」

「ん～牢屋《ろうや》の中って寝やすいかなぁ……？」

「さあな」

「んじゃ……ちょっと飼われてくるよ。はは。三食昼寝つきって考えたら、けっこう楽しそうだしな。じゃ、シオン。またな～」

なんて軽い調子で、ライナは連れ去られていく。いったい彼はなにを考えているのだろうか？　いく先は牢獄《ろうごく》だというのに……

その後ろで、

「ああ。またな」

シオンが少し、悲しげな声で呟《つぶや》いた……

そうして、二人は別れたのだった。


場所はかわって……

エリス家の道場。

シオンがその、異常《いじよう》なほどだだっ広い道場にきたのは、これで二度目だった。

初めてエリス家を訪《おとず》れたときも一度、ここに通された。それ以降《いこう》は、庭園に直接《ちよくせつ》案内されて、フェリスやイリスと調査《ちようさ》についての話し合いなどをしてはいたが……

道場には一度も通されることがなかった。

なんでも、エリス家にはこの広い道場とは別にもう一つ道場があるらしく、貴族《きぞく》の子弟たちが通ってきているのはそっちで、この道場には、エリス家の人間以外は立ち入り禁止になっているのだそうだ……

立ち入り禁止……

とそこで、当然一つの疑問《ぎもん》が浮《う》かぶ。

そんな道場に、なぜシオンは通されたのか？

最初にこの道場にシオンを案内した老執事《しつじ》は、エリス家を訪れる人間は、必ずまず最初にルシルに会わなければならないと言っていたが……

あとでフェリスに聞いてみると、そんな習慣《しゅうかん》はないし、道場になぜシオンを入れたのかも、ルシルの考えることは私にはわからないという一言で片付《かたづ》けられてしまった。

「………」

その道場に、再びシオンは通されていた。

「これは……ずいぶん気に入られたかな……」

シオンが見た限《かぎ》り、誰《だれ》もいないように見えるただただ広い道場。

いや、前のように、ルシルはもう目の前にいるのかもしれないが……

と——

背後《はいご》から声がかかった。透《す》き通るような、しかしまったく無感情な声。

「ん。シオンか」

フェリスだった。

絶世《ぜっせい》の美貌《びぼう》に、冷《ひ》ややかな無表情。

その切れ長な瞳《ひとみ》でシオンを見つめて、

「なぜここにいる？」

「え？　いや、フェリスとイリスに会おうと思ってきたら、ここに通されて……」

言いかけたところで、フェリスが少し、ほんの少しだけ目を細めたので、シオンは言葉を止めた。

演技《えんぎ》ではない、ほんとうの感情の変化で、少しでも彼女の表情が変わったのを見たのは初めてだったから、シオンは思わず言葉を止めてしまった。

と言っても、ただ少し目を細めただけだが……

しかしフェリスはすぐさまもとの無表情に戻《もど》って、

「そうか」

言ってから、フェリスは道場に顔を向けた。そして、平坦《へいたん》な声音《こわね》で、

「出てこい」

瞬間《しゅんかん》。

道場に……

いや、シオンの意識《いしき》の中にぼんやりとした薄《うす》い陰《かげ》が現《あらわ》れ、それが徐々《じょじょ》に形をとっていき
……

一人の男が現れる……

ルシル・エリス……

エリス家の現当主《げん》。

フェリスと同じ輝《かがや》くような金色の髪《かみ》に、信じられないほど整った顔。その顔には貼《は》りつくような笑《え》みが浮《う》かんでおり、

「ようこそ。シオン・アスタール。とりあえずは、あの死地からの無事の帰還《きかん》、おめでとうと言わなければならないね。それに異例《いれい》の出世にも……フェリスはもう言ったのかい？」

突然《とつぜん》、まるで妖怪《ようかい》のような現れ方をしておいて、この男はまるで世間話をするような口ぶりで話しかけてくる。

まあ、もうエリス家の異常ぶりには慣《な》れて、驚《おどろ》きもしないが……

ルシルの言葉にシオンが、

「ええ。フェリスさんには僕《ぼく》の留守《るす》中にも働いてもらってて、その報告《ほうこく》をしてもらったときに……」

とそこで、戦場から帰ってきてすぐにフェリスに会ったときのことが急にシオンの頭に浮かぶ。

シオンがエリス家を訪れてすぐに、フェリスが言った言葉。

「なんだ。生きてたのか。それはつまらないな……」

シオンは苦笑《くしょう》して、

「…………あ、いや、とにかくフェリスさんにはいろいろと迷惑《めいわく》をかけたみたいで。ねぎらいの言葉をかけなければいけないのは僕のほうですよ……」

その言葉になぜかフェリスはうなずいて、

「当然だな。死にぞこないにかける言葉はない」

「う〜ん」

うなってシオンはさらに苦笑を深くする。

ルシルがそんな二人を微笑《びしょう》を浮かべたまま眺《なが》めて、

「なかなか二人はうまくやれてるようだな。はは。私は嬉《うれ》しいよ」

するとフェリスがあいかわらずの無表情《むひょうじょう》のまま、言った。

「いいから本題に入れ」

「ああ。そうだな。それじゃあ本題に入ろうか。今日シオン君。君にここにきてもらったのは……君の気持ちを聞かせてもらおうと思ったからなんだ」

「気持ち？」

シオンが答えると、ルシルはうなずき、

「そうだ。いくつかいまから質問《しつもん》する。君が相応《ふさわ》しいかどうかを判断《はんだん》するためのいくつかの質問。それに答えてほしい」

「はぁ……相応しい……？　何に？　いや、答えるのは構《かま》わないですけど……それだけですか？」

するとにこにこと妙《みょう》に機嫌《きげん》のよさそうなルシルはうなずいて、

「ああ。それだけだよ。それだけのために、君をここへ通した。ただ、一つだけ、君がこの質問を受けるには条件《じょうけん》があるけどね」

「条件？」

「ん」

と——

そこで突然ルシルの表情が一変した。

目を閉《と》じ、ひどく静かな、静かな表情になって……

それから淡々《たんたん》とした調子で、

「私は君に質問する。そして君の答えが私の気に入らなければ君を殺す。安心してくれ。痛《いた》みはないよ。自分の首が体から離れたことにすら、君は気づかない。ただ、死ぬだけだ」

死ぬ……？

その言葉に、シオンは顔をしかめた。

理解《りかい》できなかった。いや、エリス家において理解できないことなんてのは、いままでいくらでもあったが、それにしたって今回のは……

突然、この男はなにを言っているんだろう？　彼が質問をして、俺《おれ》の答えが気にくわなければ殺す？

それが彼から自分が質問を受けるための条件。その条件をのめなければ、質問を受けることができない……

「…………」

意味がわからない。

なぜ、そんな危険《きけん》な質問を、あえて俺が受けなければならないんだ？

とそこで、その疑問《ぎもん》に答えるかのように、ルシルが言った。

「ここはエリス家なんだよシオン君」

瞬間《しゅんかん》。

シオンの目が鋭《するど》く細まる。

ルシルの言わんとしていることが、その一言で全《すべ》てわかった。ここはエリス家なのだ。

代々、王にのみ、仕《つか》えるという家系《かけい》。
その当主が、シオンを相応しいかどうか試《ため》したいと言っているのだ。
シオンは、ルシルを強く見据《みす》え、笑みを浮かべて、
「なるほどね」
呟《つぶや》いた。
そこでフェリスが、
「くだらないな。せっかく戦場で拾った命を、ここで落とすつもりか？」
が、シオンはフェリスの言葉を無視《むし》した。
聞く必要はない。
もう迷《まよ》わないと決めたのだ。
いや、彼が進むべき道はもう、あの戦場で決まっているのだ。
全て一度失った。
それでも前へ進む。
この力を受け入れたら、全てが皆殺《みなごろ》しだろう。
兄も、姉も……そして王すらも……
だが……

シオンが言った。
「いいだろう。聞いてやろうじゃないか。言ってみろ……ルシル・エリス」
するとルシルが笑《え》んで、
「はは。君はそう言うだろうと思ってたよ」
シオンは目を閉《と》じた。
そうだ。
俺はもう立ち止まらない。
前に立つ奴《やつ》は全て皆殺《みなごろ》しにしてやる。
そのためにならなんでも受け入れてやろう。
それがたとえ……
悪魔《あくま》でも……

その場所は暗かった。

暗い部屋の真ん中に、ライナは鎖《くさり》でがんじがらめにされて立たされていた。

彼を囲むような形で座《すわ》っているのは、彼が子供《こども》のころから知っている顔ばかりだ。みんな老人で、一様に、まるで死んでいるような生気のない、平坦《へいたん》な顔をしている。

それでもいまはその顔も引きつって、怯《おび》えの色が浮《う》いているが……

そんな面々を見まわして、ライナは眠《ねむ》そうな声で言った。

「で、今度は牢屋《ろうや》で俺《おれ》を飼《か》うんだって？　ったくめんどくさいなぁ〜別にあの学院にいても暴《あば》れりゃしないのに」

すると、席の中央に座っている、真っ白な髭《ひげ》をたくわえた老人が、

「黙《だま》れこの化物《ばけもの》が！　誰《だれ》がおまえに喋《しゃべ》っていいと言った！」

「化物……ね。はいはい。あんまり怒鳴《どな》ると血管切れちゃうぞ先生」

そう。ライナはこの老人を先生と呼《よ》ぶ。かつてあの孤児院《こじいん》の院長をしていた老人……

他の面々も、軍の幹部《かんぶ》たちばかりだ。

次々と老人たちから怒声があがる。

「貴様《きさま》が余計《よけい》なことをしてくれたから、アスタールの若造《わかぞう》が成り上がってきたじゃないか」

「おまえもアスタールも、あの戦場でさっさと死ねばよかったんだ」

「わかるか？　貴様を生かしておいたということで、あの方たちから我《われ》らがどれだけお叱《しか》りを受けているか」

「それもこれも全ておまえのせいだ！　貴様らのような下賤《げせん》な生まれの輩《やから》がいい気になりおって⁉」

そんな言葉をライナはあいかわらず気だるげな表情《ひょうじょう》で聞いてから、

「って、そういう愚痴《ぐち》を言うために俺を呼《よ》んだわけ？　ああそうか。俺みたいなかわいいペットはそばにいるだけでストレスが解消《かいしょう》しちゃうってことかな？」

「ふざけるな！」

瞬間。老人の中の一人が卓上《たくじょう》にあった灰皿《はいざら》を投げつけてきた。それがライナの頭にあたり、血が流れる……

赤い血が、額《ひたい》から一筋《ひとすじ》流れ落ちて……

それを見て老人たちが嘲《わら》った。

「なんだそれは？　赤い血を流すのか？　人間の真似《まね》か？　化物のくせに」

「…………」

化物のくせに……

そう言われ続けてライナは育ってきた。もういまは、言われてもなにも感じない。ただだるいだけだ。

いや、そんなことよりいまは……

「あれ。っていうかなんかちょっと頭が痛《いた》いぞ……」

頭から血が出てるんだから当たり前だろ！　という突っ込みはなく、老人たちがその言葉を聞いてまた怒鳴る。

「貴様！　我らを馬鹿《ばか》にしてるのか!?」

ライナは緩《ゆる》んだ表情のまま あっさり、

「馬鹿にしてるのはあんたらだろ。俺は馬鹿にされる側だよいっつも。で？　さっさと用《よう》件《けん》を言ってくれよ。この鎖がさー結構食いこんで、痛いんだよねぇ〜。俺ってそういう趣《しゅ》味《み》ないからさ、あんまり気持ちよくないし……」

ライナのふざけた口調の言葉に、さらに老人たちはなにか言おうとしたが、再《ふたた》び平静を取り戻して……

そしてそれから、なぜかひどく嫌《いや》そうな表情で話しはじめた。

「まあいい。今日ここに貴様を呼んだのは、王からの指示《しじ》を伝えるためだ。おまえを投獄《とうごく》するにあたって、一つだけおまえの願いをかなえてやることになった。おまえのような下賤なものの願いなどかなえてやる必要はないと言ったのだが、慈悲深《じひ》い王は、貴様の願いもかなえてやるそうだ。ありがたいと思え。さあ望みがあるならさっさと言え」

なんていう突然《とつぜん》の言葉に、ライナは顔をしかめた。老人たちを見まわし、

「慈悲深い……ねぇ……でも結局投獄するんだろ？　あ、あれか……今回のことで王様はよっぽど『複写眼《アルファ・スティグマ》』が恐《こわ》くなったんだな……だから俺におとなしくしててもらえるように願いをかなえてやると。なるほど。これがアメとムチってやつかぁ〜」

すると老人たちはライナをにらみすえ、

「いいからさっさと言え！　調子に乗るんじゃない！」

どうやら図星だったようだ。

「う〜ん」

ライナは困《こま》ったようにうめいてから、

「まあ、どうせかなえてもらえるなら、夢《ゆめ》はでっかくいきたいよなぁ〜……牢獄《ろうごく》の中のどこでも寝れるような特大の枕《まくら》を用意してもらえるとか……」

という夢のどのへんがでっかいのかはさておき、ライナはそこで急に思いついたような表情になって、

「あ……そうだ。あれにしてもらおっと」

そして彼は願いを言った。

そこは冷たかった。

石と、鉄格子《てつごうし》と、そして絶望《ぜつぼう》で構成《こうせい》されている空間。

牢獄に連れてこられたライナは、その光景を見て、

「うわぁ……こりゃ思ったより居心地《いごこち》悪そうだなぁ……よく寝れそうだけど……」

この状況《じょうきょう》でもまったく緊張感《きんちょうかん》のない軽薄《けいはく》な声音《こわね》で言った。

見まわすと、一部屋に一人ずつという、けっこう贅沢《ぜいたく》な部屋割りになってる牢屋の中には、ライナとは対照的に暗く、沈《しず》んだ空気をまとった老若男女《ろうにゃくなんにょ》が、あるものは力ない瞳《ひとみ》でライナを見、あるものは嘲笑《あざわら》うような顔でライナを見つめていた。

そのそれぞれに、ライナは手を振《ふ》ったり、よろしくーなどと挨拶《あいさつ》をしたりしていると、看守《かんしゅ》がライナの背中《せなか》を叩《たた》いて、

「さっさと歩けよなおまえは。ったく、こんな嬉《うれ》しそうに牢屋にくる奴《やつ》は初めてだ」

「へぇ……そんなもんなんだ。牢屋って三食昼寝つきだから、けっこう喜ぶ奴多いと思ってたのに」

するど看守は笑って、

「あははは。なんだそりゃ？　おまえおもしろいなぁ……そんな論理《ろんり》初めて聞いたよ。とくにここは、極悪《ごくあく》な犯罪人《はんざいにん》ばかり集められてる場所だからな。ぴりぴりした奴が多くてさぁ。一級戦犯やら連続殺人犯。ちょっとでも隙《すき》を見せたら殺されると思うと、胃が痛くなっちまう……」

などと、わりかし話し好きな看守にうながされて、ライナは牢獄の中を進んでいく。

「看守のおっちゃんもいろいろ大変なんだなぁ……」

「そうなんだよ。だからほら、そんな奴らに徒党《ととう》を組まれるとやっかいだから、牢屋も個《こ》室《しっ》になってるだろ？　だからと言って、こいつらが危険《きけん》であることにはかわりないんだけどさ……あ、そうだ。ところでおまえはなにやったんだ？　こんなところに入れられるくらいだから……」

とそこで、ライナもそんな牢獄に入れられる者の一人だと気づいたのか、急にいままで気安く話しかけてくれていた看守が顔を青くする。

いや、いまさら気づかれてもという感もあるが……

ライナはそれにあっさり一言。

「いや、昼寝《ひるね》しまくってたら上司に嫌《きら》われてさぁ……」

「へ？　昼寝？」

「ああ。んで、そんなに昼寝したきゃ、牢屋で一生昼寝してろーってさ。俺《おれ》もそりゃいいやと思って……」

するとなぜか、看守がぽんぽんとライナの肩《かた》をたたいてきて、首を振り振り言ってくる。

「はぁ……それでこの牢獄か……おまえ、ほんと間が悪い奴《やつ》なんだなぁ……相手の上司はよっぽどのお偉方《えらがた》だったんだな……憐《あわ》れな奴……よし！　ここでの生活は俺に任《まか》せろ。と言ってもなにかできるわけでもないが、なんか欲《ほ》しいもんがあったら調達してきてやるよ」

「お？　まじ？　ラッキー」

そんなこんなであっさり看守と打《う》ち解《と》けたりしながら、ライナは自分の牢屋の前にきた。

やはり他と同じ、石の壁《かべ》に、鉄格子。

ただ他と違うことは……

その牢には、まだ人が入っていた。

赤毛の少女が、牢のすみっこでうずくまっている。それを見て看守が、

「あれ……おかしいな。なんで人が……」

と、なにやら懐《ふところ》から紙を取りだして確認《かくにん》しはじめる。

それにライナが、

「ああおっさんおっさん。いいんだよ。ちょっとさ、俺こいつに用があるから、少し時間くんないかな？　その紙にも書いてあると思うけど……」

するとしきりに看守は紙を確認してから、

「あ、ほんとだ。って、これ、軍の上層部《じょうそうぶ》からの命令書じゃないか……なんだこれ……おまえなにもんなんだ？」

「う～ん。ペットらしいよ？」

「は？」

「まあいいから。んじゃ牢開けて。三十分くらいしたらまたきてよ」

軍の上層部からの命令書というのが効《き》いたのか、看守はえらく神妙《しんみょう》な態度《たいど》だった。

「あ、ああ。わかった」

ライナはそれに苦笑《くしょう》しながら、牢に入る。

看守が牢に鍵《かぎ》をかけて去っていったのを確認すると、彼は少女の隣《となり》に座《すわ》った。

しかし少女は寝ているのか、ぴくりとも動かない。

そんな少女を、ライナはぼけた表情でしばらく眺《なが》めた。

薄汚《うすよご》れた服に、髪《かみ》の毛。誰《だれ》からも干渉《かんしょう》されたくないとばかりに、膝《ひざ》を抱《だ》いて、顔もあげないで眠《ねむ》っているその姿《すがた》は、彼の知っている女の子には見えなかった。

それをひとしきり観察してから、ライナは意地の悪そうな顔になり、少女の頭をぽんっとはたいて、

「おいキファ！　昼寝ばっかりしてると成績《せいせき》落ちるぞ！」

「わ⁉」

瞬間《しゅんかん》、キファが顔をあげた。驚《おどろ》いた表情《ひょうじょう》でライナを見つめ、それからなぜかまわりを確認するように見まわしたあげくに……

「え？　え？　え？　ここ牢屋よね……って……なんでライナがここにいるのよ⁉」

叫《さけ》んだ。

牢獄中に響《ひび》き渡《わた》るような大声で……

それにライナは耳をおさえて顔をしかめると、

「キファ。声大き過《す》ぎ」

「……あ、えと……ごめん……って、どういうこと？」

「どういうことって？」

「だからなんでライナがここに……」

「ああ……え～と。なにから話せばいいかな……めんどくさいなぁ……」

「って、ここにきて説明するのがめんどくさいとか言ったらぶっとばすわよ」

「わ、わかってるって」

と言いつつも、ひそかにとりあえず昼寝でもしてからとか思っていたライナは、肩をすくめた。

それからぽんっと手を打ち、

「とりあえず、キファに教えてあげなきゃいけないことがあってさ。それを伝えにきたんだ」

「……教えたいこと？」

「ああ。えっと……」

そして、ライナはやる気なさそうな口調のまま淡々《たんたん》と言った。

「とりあえず教えとくと、キファの妹はもう、ずいぶん前に殺されたらしいよ」

「…………!?」

ライナの言葉を聞いた途端《とたん》、キファの顔から血の気《け》が失《う》せた。

それからがくがくと震《ふる》え出して、

「ど、どうしてライナがそんなこと知ってるの……？　そんなこと、この国の上層部《じょうそうぶ》しか……」

とそこで、キファの言葉が止まった。ライナを赤い瞳《ひとみ》がじっと見つめ……その瞳が……

冷たく感情を失っていって……

「そう……そういうこと。あんたも、ローランドの手先だってこと……裏切《うらぎ》った私をいたぶりにきたわけ？　それとも殺しにきた？」

「………………」

それにライナは答えなかった。あいかわらずの緩《ゆる》んだ表情でキファを見つめたまま……

そんなライナに、キファはますます怒《いか》りをあらわにする。

「なんで？　なんであんたたちはそんなに私たちをいたぶるの⁉　殺すだけじゃ気がすまない？　そんなこと聞きたくなかった。妹が死んだなんて……それも、ライナ……あなたの口から聞きたくなかった。全部知ってたの？　知ってて笑ってたの？　私があなたを好きだって言って……馬鹿《ばか》な女だって笑ってたの？」

キファの目から涙《なみだ》が溢《あふ》れていた。全《すべ》てに絶望《ぜつぼう》したような冷めた目から、それでも涙が溢れていた。

「それとも、タイルやトニーやファルの敵討《かたきう》ちのつもり？　裏切《うらぎ》った私を許《ゆる》せなくて、殺しにきた？　とことんまで絶望させて、殺そうって思ってたの？　それともまだそれでも足りない？　でも……じゃあ私にどうしろって言うのよ？　妹が……殺されてるってのはもう薄々《うすうす》知ってた。でも……どうしようもないじゃない！　どうにもならないじゃない！

私は……私は……」

そこで、キファが崩《くず》れ落ちた。地面にうずくまって、泣きはじめる。

それをライナはしばらく見つめて、ため息をついた。

「う〜めんどくさいなぁ……」

なんてことを言って、ごろっと床《ゆか》に横になる。そしてやはりやる気のない口調で、

「ほんとわかんないよなぁ……戦争とかってなんであるんだろ。人の領地《りょうち》とか、俺《おれ》なんか全然興味《きょうみ》ないけどな〜」

そんな、キファの言葉とはまったくかみ合わないライナの言葉に、彼女は顔をあげた。

しかしライナは無視《むし》して続ける。

「タイルとかトニーとかファルも、無駄《むだ》死にだよなぁ……だから言ったのに。昼寝《ひるね》してるのが一番なんだよ。くっだらないことで死んでさぁ……」

「な、なにを言って……」

「ほんとわかんないんだよなぁ……戦争かぁ……なんのためにやるんだろ。きっとやる気がある奴《やつ》がやるんだな。んでやる気のない奴は巻《ま》きこまれるんだ……」

とそこで、ライナが突然《とつぜん》起きあがって、

「じゃあ、やる気のない奴はどうすりゃいいんだろ？　昼寝してるだけなのに、キファは

泣くし、タイルたちは死ぬし、キファの妹も死んじゃうんだぜ？　おまけにキファには怒《ど》鳴《な》られるし、それに昔の、あの女の子だって……俺は……シオンみたいにさ、国を変えたいとか、んなめんどくさいことは考えたことないけどさ……昼寝してるだけで、誰《だれ》も傷《きず》つかないし……誰も……傷つけなくてすむ場所ってどこにあるんだろうな？」

言ってから、ライナは自分の手を見た。

血に染《そ》まった手……

ライナはそう思った。たとえこの手がそのときは、彼の意思とは別に動いていようとも……

その手で彼は寝癖《ねぐせ》のついたままの髪《かみ》の毛を掻《か》き、

「って、なにキファはぽかんとしてるんだよ？　なんか変なこと言ったか？　俺」

「いや……えっと……っていうかライナこそ突然なにを……」

そのとき、牢の外から声がした。

「おーい。ライナ・リュート。三十分たったけど、どうする？」

看守《かんしゅ》だった。

ライナはそれににっこり笑って、

「あ、すぐいく」

そして立ちあがった。キファのことも無理矢理《むりやり》立ちあがらせる。

「よしキファ。じゃあちょっとこい」

「って、へ？　へ？」

わけがわからないといった顔で戸惑《とまど》うキファの手を引き、ライナは牢《ろう》の出入り口からキファを押《お》し出す。

「え？　ちょっとライナ……」

がちゃん。

キファの言葉を、鉄の扉《とびら》が閉《と》じる音が遮《さえぎ》った。

キファは牢の外。

ライナは牢の中。

「……って、これってどういう……」

そんなキファを、ライナは緊張感《きんちょうかん》のない、あいかわらずの表情《ひょうじょう》で見据《みす》えて、

「釈放《しゃくほう》おめでとーキファ」

「え？　しゃく……ほう？」

呆然《ぼうぜん》とするキファに、ライナがおもしろそうに言う。

「んで、俺は投獄《とうごく》おめでとー。これでやっと気がねなく昼寝してられる場所にこれたよ。

おまけにご飯も三食ついてるからな！」

それに看守《かんしゅ》が笑う。

「だからそんなふうに思うのはおまえだけだって」

そんな二人の会話を、キファが信じられないというような顔で見つめて、

「ちょ、ちょっと待ってよ。これどういうことなの？　どうして私が釈放なの？　なんでライナが……」

それを、看守が遮《さえぎ》って、

「ああそれは……なんか、この命令書と調査書《ちょうさしょ》によると……ライナ・リュートが素直《すなお》に投獄されるかわりに、キファ・ノールズを釈放するように要求してきた……とあるな。へえ、ライナ。おまえ軍と取引できるほどの極悪人《ごくあくにん》なのか。いったいなにやらかしたんだ？　昼寝しすぎたなんて実は嘘《うそ》だろ？」

「ほんとだって」

「嘘つけー。まあ、これから長い付き合いだ。じっくり聞かせてもらうからな」

「めんどくせぇなぁ……」

なんていう、まったく投獄されるのをなんとも思っていないような素振《そぶ》りのライナに、キファは詰《つ》め寄った。

と言っても、鉄格子《てつごうし》があるから、それ以上は近づけないが……

そして、震《ふる》える声で……

「な、なんで……？　なんでライナは私にそんなことしてくれるの……？　そんなに優《やさ》しくしてくれるの？　私……私がタイルや、トニー、ファル……みんなを裏切って殺……」

「違《ちが》うね」

ライナが言った。

眠《ねむ》そうな表情《ひょうじょう》でキファを見つめて、

「人を殺すのは人じゃない。化物だよキファ。戦争は化物。国は化物。欲《よく》も化物。そして俺《おれ》も……」

そこで一度言葉を止め、それからキファに微笑《ほほえ》みかけた。

「んでもってキファは人間。だからキファは悩《なや》む必要ないんだ。わかったか？　じゃあ俺はここで昼寝王国の王様として君臨《くんりん》するから、キファも外でがんば……うわ!?」

瞬間、ライナは鉄格子の間から伸《の》びてきたキファの手に襟首《えりくび》をつかまれて、引《ひ》っ張《ぱ》られた。

今度はキファの両手がライナの首に回され、とっさに顔面が鉄格子にあたらないようによけるが……

「ってキファ!?　顔が鉄格子に挟《はさ》まって苦……む」

言葉の途中《とちゅう》で突然、ライナの口が、キファの口に塞《ふさ》がれた。

当然ライナの言葉は止まる……

「…………………………………」

しばらくの沈黙《ちんもく》。

看守のひゅうっという口笛。

やがてキファの力が緩《ゆる》むと、二人は離《はな》れて……

ライナはあんまりのことにぼけっとした表情でなにも言えないでいる。

そんなライナをキファが、少しうるんだ瞳《ひとみ》で見つめて、

「ライナのこと、なんで私、好きになったのかわかった。警戒《けいかい》する必要がないくらいやる気がなかったから……安らげるから……そう思ってたけど違《ちが》った。ほんとは優しいから。ほんとは強いから。だから……だから、あなたも化物なんかじゃないよ。私が保証《ほしょう》する。二度と自分のこと化物だなんて言ったら、許《ゆる》さないから」

なんてことを言われても、ライナはまだ答えられないでいる。

「ライナは化物なんかじゃない。少なくとも私は化物だなんて思わない。私は生きるね。ありがとうライナ。そして……必ず……」

とそこで一度首を振《ふ》って、彼女は看守に出口まで案内するようにうながした。そのとき

のキファはもう、さっきまでの、なにかに絶望《ぜつぼう》してしまったような目はしてなかった。

強い決意のこもった表情で、

「いきます」

すると、看守《かんしゅ》がわかってるのかわかってないのか、いいものを見せてもらったというような表情でうんうんうなずきながら、キファを連れていく。

ライナはそんな二人が見えなくなるまでずっと沈黙《ちんもく》を保《たも》ち、それから……

「はぁ……ちょうど息吐《は》いたところにキスだったから……窒息《ちっそく》するかと思った……」

それが本音《ほんね》かどうかは、彼のあいかわらずの緩《ゆる》い表情からはわからない……


それから数日たったある日。

「おーい看守のおっちゃーん。ちょっとちょっとー」

牢屋《ろうや》に今日も気だるい声が響《ひび》く。

その声に応《こた》えて、看守が、疲《つか》れた表情でやってきて、

「おまえなぁ……どうでもいいけど、毎日毎日何度も呼《よ》ぶのやめてくれないか？　用があるなら一回で言ってくれよ。おまけにこっちが用があるときはいっつも昼寝してるし

「……」

「なんだよ。いつでもなんでも言ってくれって言ってたじゃないか」

「ものには限度《げんど》ってものがあるだろうが。おまけに超特大枕《ちょうとくだいまくら》をよこせだの、一日五食くわせろだの、無理《むり》な注文ばっかり言うし」

「んで、今日の注文なんだけどさ」

　すると看守がため息をついて、

「また注文なのか……んで？　今度はなにがほしいって？」

「紙と鉛筆《えんぴつ》。あと、ローランド帝国《ていこく》王立軍事特殊《とくしゅ》学院ってあるじゃん？　あそこの図書館でさ、借りてきてほしい本があるんだよな」

「本？　ああいいよ。それくらいならやってやるよ」

「まじ？　やった。ずっと前にさ、調べてたことがあったんだけど、めんどくさくてやめてさ。でも、いますっごい暇《ひま》だしさ、それにもう一度やってみてもいいかなって思って」

「ああもう。能書《のうが》きはわかったから、なにを借りてきてほしいんだ？」

「一冊じゃないんだけど？」

「ああもう何冊でもいいから早く言え。今日は早く帰って子供《こども》と遊んでやるって約束してるんだよ」

「へぇ……おっさん子供がいるのか？」

「ああ。まだ七歳なんだけどな。これがかわいくて……」

「ふ〜ん」

それにライナは床《ゆか》にぺたんと座《すわ》ったまま腕《うで》を組んで、

「なあおっさん」

「ん？」

「その子が、戦争にいったりするのは嫌《いや》だよな？」

するとと看守は眉《まゆ》を吊《つ》り上げて、

「当たり前だろぉ⁉　どこに子供を戦争にいかせたいなんて言う親がいるんだ。戦争なんて……いや、七年前に、俺も戦争にいったんだが……ありゃ最悪だよ……親友も同僚《どうりょう》もみんな死んじまった……だから俺は……部隊長になれるっていうのを辞退《じたい》して、こんなところで看守やってんだけどな。でも俺は後悔《こうかい》してないよ。ちょうどあの頃《ころ》、ガキも生まれたし……うん。戦争なんていくもんじゃない」

そんな看守の言葉に、ライナはうなずいて、

「だよな。やっぱ戦争はみんなしたくないよなぁ〜。よし。ならやっぱ、看守のおっさん

にもがんばってもらわないとな。じゃあ、とりあえず十冊。全部重い本だけど頼《たの》むよ」

「はぁ？　なんなんだよその道理は？　んなわけわかんないこと言わなくてもちゃんと持ってきてやるよ。この職場《しょくば》で、唯一《ゆいいつ》の話し相手だからなおまえは」

「じゃあ頼むよ」

「で、なんの本だっけ？」

「だから紙と鉛筆だって。十冊も本の名前覚えられるのか？　全部すごい長いタイトルだぞ？」

するとと看守は顔をしかめて、

「じゃあちょっと待ってろ。いま紙と鉛筆とってくるから。ったく、そうじゃなくても最近帰りが遅《おそ》いってカミさんに小言言われてるのによぉ……」

ぶつぶつ言いながら歩き去る看守を、人に物を頼む態度《たいど》とは思えないような寝っ転がったままの姿勢《しせい》で、

「よろしく～」

ライナが手を振《ふ》った。

そのまま一度伸《の》びをして、

「そうなんだよなぁ……やっぱ戦争はだめだよなぁ……ああ……めんどくせぇなぁ……ま

～たあれを調べるのか……」

「俺ってがんばったりするキャラじゃないのにな～……まあ、仕方ないか……」

最近牢屋暮《ろうやぐ》らしにも慣《な》れて、めっきり独《ひと》り言が多くなっていたりする……

と――

彼は体を起こした。

周りを見まわしても、当然だが誰《だれ》もいない。目に入るのはただ、冷たい石と、鉄の柵《さく》だけだ。

はじめは、囚人《しゅうじん》一人につき一部屋も与《あた》えられてるなんて贅沢《ぜいたく》だなぁなんて思ったりもしたが……看守から聞いた話によると、この誰とも会話をすることもできず、動くものもなく、まったく変化のない空虚《くうきょ》な独房《どくぼう》で一週間も過《す》ごすと、どんなにうるさかった囚人もおとなしくなり、一か月も経《た》った頃《ころ》にはほぼ全員……

狂《くる》うという……

ライナはそんな、絶望《ぜつぼう》と狂気《きょうき》がさめざめと漂《ただよ》っている雰囲気《ふんいき》の中、腕《うで》を組んでうなった。

「う～ん。一か月ねぇ……っていうか、一か月どころか、ここから出れる目処《めど》はまるでたってないんだよなぁ……ま、時間はいっぱいあるんだから、ゆっくり調べればいいかぁ。でもその前に……」

彼は言葉を止め、いつものようにごろんっと横になって、

「とりあえずもう一眠《ひとねむ》りしよっと……」

そして目を閉《と》じた。


それぞれがそれぞれの道へ。

いろんなものを失って、それでも時間は前へと進む。

それを悲しいと思うだろうか？

懐《なつ》かしい日々は、すぐに過《す》ぎ去ってしまう。

新しく得られるものが、前よりもいいものだと確信《かくしん》できなくても……

時は巡《めぐ》り……

先へ先へと背中《せなか》を押《お》される。

それでもせめて、よりよい未来に出会えるように……

野望を持つもの。

その場に立ち止まるもの。
過去を振り返るもの。
昼寝《ひるね》をするもの……?

まあいろいろとあるだろうが……
とりあえずは——
ゆったりと、しかし確実《かくじつ》に、時は過ぎていく。

最初の一年目は、まだ変化が訪《おとず》れはじめているということに気付いているものはいなかった。ただ当面の敵国《てきこく》がいなくなり、お祭り気分で過ぎた。

しかし二年目は少し違《ちが》った。再《ふたた》び王が、今度はネルファ皇国と戦争すると言い出したのだ。が、それを引き金に、革命《かくめい》が起きた。国民の総意《そうい》で王は更迭《こうてつ》され、新しい王が立ったのだ。その革命は、信じられないほど鮮《あざ》やかに行われた。続いて貴族《きぞく》が連続して失踪《しっそう》するなど、激動《げきどう》の年となった。

しかしそんなことを、投獄《とうごく》されていたライナが知る由《よし》もないが……

まあ、そんなこんなで、二年の月日が過ぎた。

＊

そこには光が届《とど》かない。
日の光も、月の光も。
だからいまが、昼なのか夜なのかも、ずっとここにいたらわからなくなるだろう。
それはひどく苦しいことだと思う。その苦痛《くつう》を、他人が想像《そうぞう》することはできない。
だが……
とりあえずいまは深夜だ。
いや、深夜でなければ、彼がこんなところにこられるわけもないのだが……
「…………」
彼は目を細めて、目の前の光景を眺《なが》めた。
石の壁《かべ》と、鉄の柵《さく》で区切られた狭《せま》い空間。

その狭い空間に、所狭しと書類と本が山積みにされている。その量は、幾重《いくえ》にも積み重なった本が床《ゆか》と化し、本来の石の床はまるで見えなくなってしまっているほど……

お世辞《せじ》にも綺麗《きれい》だとは言えない。

高貴な身分の彼には、まるで相応《ふさわ》しくない場所だ。普段《ふだん》彼のまわりにいるものたちが、彼がここにいるのを見たら、さぞや驚《おどろ》くことだろう。

だが……

彼はそんなことは気にしない。

モノの価値《かち》は、そんなことで決まったりはしないということを彼は知っているから。

最近よく言われる。彼は変わったもの好きだと。

そうかもしれない。

なぜなら、さっきから目の前に広がる雑多《ざった》な光景を眺めて、口元から笑《え》みが消えないのだから……

彼は手を差し伸《の》べた。

鉄さびで汚《よご》れた柵の中へと。

黒が基調《きちょう》の、シンプルだが、見る人が見ればそれがものすごく高級なものだとわかる服が汚《よご》れるのも構《かま》わない。彼にとっては、そんなものにはまるで価値はないのだ。

そのまま彼は、中に散乱《さんらん》している書類を一束《たば》つかみとり……

それにざっと目を通してから、

「なるほどね」

感慨深《かんがいぶか》げに呟《つぶや》いた。

「これがおまえの選んだ道か」

彼はおまえ……と言った。

しかし、柵の中には誰かがいるようには見えなかった。あるのはただ、大量の本と、汚《きたな》い文字が書き連ねられている書類だけ。

しかし彼は、まるで誰かに話しかけるかのように続ける。

「……こんなところでいつまでも昼寝できると思ったら大間違《まちが》いだぞ……こっちは苦労してきたっていうのに……おまえだけこんなところで楽してるなんて俺《おれ》は許《ゆる》さない。俺だけが悩《なや》むなんてのは許さない。おまえは俺のもんだ。俺はおまえを使うぞ」

とそこで、彼は再び、にやりと笑って、

「たとえ、おまえが望まなくてもな」

「………」

やはり答えは返ってこないが……

しかし彼は満足げにうなずき、それから柵に背を向けた。

そして、そのまま去っていった。


翌日《よくじつ》。

その狭い空間は、昨晩と同じ景色《けしき》だった。

ひどく雑多に積み重なった本や書類が、一面をうめつくしている。

その本の山の中から……

「あ……う……う……う」

なぜか、切羽詰《せっぱつま》ったようなうめき声。

「うあ……あああ……あ……」

と——

「うわあああああ!?」

叫《さけ》びとともに、本の山の中から、一人の若《わか》い男が飛び出してきた。

彼は肩《かた》でぜいぜいと息をしながら、必死な形相《ぎょうそう》で、

「はぁはぁ……やばい……本にうもれて寝《ね》てたら……窒息《ちっそく》するところだった……」

なんてことを、真剣《しんけん》な表情《ひょうじょう》で言ってみたりする。

寝癖《ねぐせ》のついた黒髪《くろかみ》に、緩《ゆる》んだ黒い瞳《ひとみ》。

ライナ・リュートだった。

二年もたったというのに、彼のやる気ない雰囲気《ふんいき》は、まるで変わっていない……

それがいいことなのか、悪いことなのかはさておき、ライナは目を覚《さ》ますように一度伸《の》びをして、

「ふわぁあ。寝不足だぁ……寝よっと……」

再《ふたた》びぱたっと倒《たお》れこむ。

そのままの姿勢《しせい》で、目の前にあった本をぱらぱらと開き、

「これももう、研究しつくしたしなぁ……さすがにあきてきたな……まあ、次どれの研究するかは、とりあえず朝飯を食ってから考えるか……」

と、本をまた、そのへんへぽいっと投げて整頓《せいとん》――彼の中ではそれで整頓しているつもりらしい――して、ぼけーっと朝食が運ばれてくるのを待つ。

そろそろ朝食の時間だというのは、二年もの間に培《つちか》った体内時計《どけい》によって、ご飯の時間だけは、正確《せいかく》にわかるようになっているのだ！

「今日はなにかなぁ……昨日のもまずかったけど、それを越《こ》えるまずさだとしたら、ちょっと楽しみだな……」

などと、ずいぶんと卑屈《ひくつ》な楽しみかたをしながらも、少しずつ顔を柵《さく》のほうへ向けて、朝食を運んできてくれる看守《かんしゅ》を待つ。

「まだかな……あんまり遅《おそ》いと寝ちゃうぞ……」

と——

思ったとおり、足音が聞こえはじめた。

朝食を運んでくる看守《かんしゅ》の足音。

ライナは起きあがって、

「おっさんおはようー」

もう二年の付き合いになる、看守に声をかけた。ここで少し会話をして、それからいろいろと注文をつけるのが彼の日課なのだが……

「…………」

返事がなかった。

ライナは首をかしげ、

「おーい？　おっさん？　どうした？　やけに元気がないな？　さてはまた奥《おく》さんと喧嘩《けんか》したか？」

「…………」

また返事がない。

不審《ふしん》に思ってライナが柵ごしに廊下《ろうか》をのぞきこむと、いつもの看守がゆっくりとした足取りでこちらに歩いてきていた。

しかし、どこか様子がおかしい。うつむき加減《かげん》で、元気がないような……

いや、それどころか、看守はいつも持ってきているはずの、朝食を手にしていなかった……

ライナはそれを見て、首をかしげてから、再びぺたんと床《ゆか》に……というより、本の上に座《すわ》りこむ。

「なんなんだ?」

しばらくそのまま、ぼーっとしていると、短い距離《きょり》を、必要以上に時間をかけて歩いてきた看守が、ライナの前に立った。

「今日はどうしたんだよおっさん。なんかあったのか?」

が、今度はライナの顔すら避《さ》けるように見ようとしない。

ライナはそれに、もう一度首をかしげた。そしてそのまま、ぼけっと黙《だま》りこむ。相手が話す気がないのなら、これ以上こっちから話すのもめんどくさいしなぁ……なんていう、まるっきりやる気のないことを考えながら……

「…………」

看守は黙ったまま。

「…………」

ライナも黙ったまま。

「………………うう」

「……………………ふぁ～眠《ねむ》くなってきたな……」

「…………………………ああもう⁉」

沈黙《ちんもく》競争に敗《やぶ》れたのは、看守のほうだった。看守がなぜか強い口調で言ってくる。

「って、おまえなんで黙ってるんだよ！　そんなに黙ったら、気まずいじゃないか！」

「なんだよそりゃ。おっさんが黙ってるから、娘《むすめ》に彼氏でも紹介《しょうかい》されて落ちこんでんのかと思って遠慮《えんりょ》してたんじゃないか」

「嘘《うそ》つけ！　だいたい、俺《おれ》の娘がまだ十歳だって知ってるだろうが！」

するとライナはにまーっと笑い、

「いまどきの十歳は、すっごいんだぞ。知らないのかよおっさん？」

「な、な、す、すごいって⁉　な、なにがすごいんだ！　う、うちの娘に限《かぎ》って⁉」

「どの親もそう言うんだって」

「ってちがぁう！」

そこでまた、看守は暗い表情になった。

「違うんだよ……そうじゃなくて……」

「って……また暗くなって……いったいどうしたんだよ。っていうか、俺の朝食はどうなってるんだよ……？」

ライナの本音《ほんね》はそこだった。

しかしそんなライナの言葉を、とりあえず看守は無視《むし》して、

「もう二年になるよな……おまえがここにきて……」

なんてことを言って、なぜかうるんだ瞳でライナを見つめてくる。

ライナはそんな看守の熱い視線《しせん》に、

「う……な、なんだよそんな目で見て……お、俺はそういう趣味《しゅみ》はないぞ……？」

危険《きけん》を感じながら、少し後ずさる……

が、そんなライナの態度《たいど》も無視して、看守は鍵《かぎ》を取りだし、牢《ろう》の扉《とびら》を開けた。

「思えばこの職場《しょくば》で、話し相手と言えばおまえだけだったよなぁ……」

なんてことを言いながら、あろうことか牢の中へと……

それを見てライナは、

「ちょ、ちょっとまじかよ!? 待て待て！ 冷静に考えろっておっさん。あんた奥《おく》さんもかわいい娘《むすめ》も……やめろ！ ぎゃー犯《おか》されるー!?」

とかなんとか、ひとしきり騒《さわ》いだところで、看守の、悲しげな目を見て、ライナは黙った。

つまらなそうに寝癖放題の頭をおさえつけながら、

「なんだよおっさん。今日はやけにノリが悪いな。一人で騒いでても寂《さび》しいじゃないか。んで？ なんだよ？ 今日はどうしたんだ？」

すると、看守《かんしゅ》は沈痛《ちんつう》な面持《おもも》ちでライナから目をそらし、

「…………言いにくいんだが……」

そこで、言葉を止めてしまう。

ライナはそれを見て……

気がついた。

「そっか。気にすんな。言わなくてもいいよ」

「…………」

看守はまだ無言。

しかし、ライナはそのまま続けた。

「あれだろ？　死刑《しけい》が決まったんだろ？　俺の」

淡々《たんたん》とした口調で、あっさりと言う。

看守が顔をあげた。ライナの顔を……こんな台詞《せりふ》を言うときも、眠そうな、ぼけたようなライナの顔を見て、顔をしかめる。

が、ライナは元気そうな声音《こわね》で、

「あのさ、ちょっと聞いていいか？」

「………なんだ？」

「俺、逃《に》げてもいい？　昔、約束してんだよなぁ……死なないって。できれば生き残りたいんだけど……」

「そ、それは……」

看守が口ごもり、それから……

「俺にも……」

そこまでで、ライナが手を振って、看守の言葉を遮《さえぎ》った。

「ああ、はいはい。わかってるって。そうだよな。俺がここで逃げたら、おっさんに迷惑《めいわく》かかるしな。大事なカミさんに娘がいるんだもんな。わかってるって。逃げるなら、おっさんがいなくなってからにするよ。そかそか。んで、俺の死刑っていつ？」

「その…………明日……」

「早ぁ⁉」

ライナは思わず叫《さけ》んだ。いや、これで叫ばない人もいないとは思うが……

看守がまるで言い訳をするかのように言う。

「突然《とつぜん》だったんだ。今朝突然命令書が回ってきて……」

「ああいいよ。おっさんのせいじゃないのはわかってるから。しかし……明日かぁ……それは早いなぁ……んで？　俺はこれからどうすればいい？」

「今日一日のスケジュールは全て命令書に書いてあったから、俺についていろいろ回ってもらうことになってる。まあ、なんか、死刑の前に、いろいろと贅沢《ぜいたく》をしろってことみたいなんだが……」

「へぇ……贅沢ね」

「ああ。最初にまず風呂《ふろ》に入ってから、身だしなみを整えて、それから支給《しきゅう》される服を着て、高級料理店で食事……」

「はぁ？　なんだそりゃ？　囚人《しゅうじん》を死刑にするときは、いつもそんなことやってんのかこの国は？」

「いや……」

そこでまた、看守はさらに暗い表情《ひょうじょう》で、

「今回はいつもと違うんだ。なんか、この国の王が、なぜかおまえを目の前で確実《かくじつ》に死刑にしたいとか言ってるらしくて……だから、王の前に立つなら、たとえ死刑囚であっても、それ相応《そうおう》の格好《かっこう》をしてもらわなきゃいかんだのなんだのといろいろあるらしくて……明日、王直属《ちょくぞく》の部下におまえを引き渡《わた》すことになってる……」

それでライナは納得《なっとく》した。

なるほど。

王はやっぱり、『複写眼《アルファ・スティグマ》』が恐《こわ》くなったのだ。

そして、確実に目の前で殺さなければ、安心できないと……

そういうことだろう。

「ふ～ん。じゃ、これでペット生活も終わりかぁ」

「………それじゃあ、いこうか」

看守の言葉に、ライナはあわてて、

「あ、あ、ちょっと待ってくれよ。じゃあ、ちょっとここで調べた研究レポートだけ、持っていっていいか？」

が、それにも看守は沈《しず》んだ表情で答える。

「それもだめだ。なにも持ち出しはさせないと、命令書に……」

「まじで？　頼《たの》むよ。これでも俺にしたら頑張《がんば》ったんだし……な？　こっそり持っていけば……」

「だめなんだって。いまここにいるのは、俺だけじゃないし……」

看守が言って、手を振ると、数人の屈強《くっきょう》そうな男たちが、やってきた。

男たちはライナを見据《みす》えて、

「こいつが死刑囚《しけいしゅう》か」

「なんかひょろひょろしてて、たいしたことなさそうな奴《やつ》だなぁ」

「こんな奴、この場でさっさと殺しちまえばいいのによ」

口々に言ってくる。

それに、ライナはげんなりとうなだれた。

「はぁ……わかったよ。このレポートもあきらめるのか……」

「すまないな」

「いや、おっさんのせいじゃないけどさ～」

「じゃあいこう」

「ん」

そうして二人はとぼとぼと歩きはじめた。

後ろからは、屈強そうな男たちがのそのそとついてきている。

それを確認《かくにん》してから、ライナはぼけた表情のまま、頭をめぐらせた。

明日、死刑になる。

でも看守のおっさんがそばにいるうちは、逃《に》げるわけにはいかない……

ってことは、明日の、王直属の部下なんていう、ごたいそうな輩《やから》に引き渡されるときに
逃げなきゃいけないわけだ。

「ふむ……」

それはまあ、楽勝なんだけど……

はっきり言えば、彼が真剣《しんけん》に逃げようと思えば、あの強力な魔法騎士《まほうきし》が五、六人いても、
逃げ切る自信があるのだ。

それだけの力を……

彼はあの孤児院《こじいん》で身につけさせられた……

その上……

この瞳も……

だからライナはあくびをしながら看守の肩《かた》をぽんぽんたたいて、

「まあおっさん。そんなに暗い顔すんなよ。今日はぱーっといこうぜぱーっと。まずお風呂だっけ？　どんなのかなー。贅沢なお風呂って……もしかして枕《まくら》つきとか？」

すこぶる明るい声で言った。


そんな、贅沢な時間は、あっという間にすぎて……


翌日《よくじつ》。

昨日泊《と》まった、異常《いじょう》に豪華《ごうか》なホテルを出ると、ライナは目を細めて空を見上げた。

天からは、日の光がさんさんと降《ふ》り注いでいる。

あんまりにもいい天気なので思わず、

「こりゃ〜絶好《ぜっこう》の死刑《しけい》びよりだな〜」

なんてことを呟《つぶや》いて、後ろでチェックアウトしていた看守《かんしゅ》をまた、暗い顔にさせる。

それにライナは苦笑《くしょう》しながら、手足をぐるぐると動かしたり、伸《の》びをしたりして、体を整えはじめた。

これから二年ぶりに真剣《しんけん》に体を動かすのだ。王直属《ちょくぞく》の兵とやらを相手に、逃げなきゃいけない。

まあ、これくらいはやっとかないと……

「ん。ん。よっと。ああでも、なんかこの服、物々しいわりにすごい動きやすいな～」

と、ライナは昨日の夜渡された奇妙《きみょう》な服の、腰《こし》の部分の布《ぬの》をぱたぱたとはためかせた。

いや、これをただの服と呼《よ》ぶべきではないだろう。白鎧《はくがい》と、紺《こん》のローブがあわさっている、奇妙《きみょう》な形の鎧《よろい》。

これはローランド帝国《ていこく》魔法騎士団だけに支給《しきゅう》されるという、特殊《とくしゅ》な戦闘《せんとう》服だ。

動きやすい上に、防御《ぼうぎょ》力にも優《すぐ》れている。

なんでこんなものが、これから死刑になるライナに渡されたのかはまるでわからないが……とにかく渡されたからには、ありがたくもらっとこうと、今朝も着こんだ。

どっちにしろ、戦闘になるんだろうし……

そしたらこの戦闘服は役に立つだろう。

「しかし……」

と、ライナはあくびをした。いや、あくびばかりしているような気もするが……

もう一度大きく伸びをして、

「ふぁ……あんな高級なベッドで寝たのは初めてだったから、なんかあんまり寝つけなかったよ」

　というライナの言葉に、看守が、

「嘘《うそ》つけ。俺より早く寝たじゃないか。次の日がこんな日だっていうのに……俺《おれ》なんかぜんぜん寝つけなかったんだぞ？」

「へぇ？　なんでおっさんが寝つけないんだよ？」

「おまえ……そりゃ……」

　と再び暗くなる看守にライナは笑って、

「ああそかそか。俺が死ぬんだもんな。そりゃ大変だ」

「おまえ………あっさり言うな～……」

　あきれ顔の看守に、ライナは肩《かた》をすくめて、

「まあねー。俺って案外肝《きも》が据《す》わってるからさ。死を恐《おそ》れないってやつ？」

　ほんとは死ぬつもりなんてさらさらないのだが……

　それになぜか感心したように看守がうなずいて、

「俺……おまえと友達だったこと、誇《ほこ》りに思うよ」

「え？　あ……そ、そうか？　あ、あはは」

　あんまり感心するので、ライナは思わず乾《かわ》いた笑い声をあげた。

　そんな気安い会話も……それが最後だった。

時間がたつごとに、看守の言葉数もへり、重苦しい沈黙《ちんもく》が流れる。

やがて時はきて……

ライナはうながされるまま、王が住んでいるという、宮廷《きゅうてい》の前へと連れていかれた。

看守が立ち止まり、

「……ここで、王直属《ちょくぞく》の部下におまえを引き渡《わた》すことになってる」

「ふむ」

ライナはうなずいて、まわりを見まわした。

瀟洒《しょうしゃ》な宮廷の前にある、広場。

そしてそこで彼らを待ちうけていたのは……

ライナの予想に反して、たった一人の女だった。

王の怯《おび》えっぷりからすると、もっと大勢《おおぜい》の部下を配置して、ライナをいたぶり殺すのかと思っていたのに……

まさか女たった一人とは……

それを見て、看守が思わず呟《つぶや》いた。

「女一人……？　それもとんでもなく美人……」

そう。その女は、異常《いじょう》なほどの美貌《びぼう》を持っていた。

艶《つや》やかな金色の長い髪《かみ》。信じられないほど整った顔。冷たい瞳《ひとみ》に、スタイルのいい体を、動きやすそうな革《かわ》の鎧で包んでいる。

腰《こし》には、その華奢《きゃしゃ》な腕《うで》からすると、飾《かざ》りとしか思えないような長剣。

そんな美女が、なぜか死んだように無表情《むひょうじょう》な顔でこちらを見て、

「ん。その間抜《まぬ》け顔が、ライナとかいう犯罪者《はんざいしゃ》か？」

なんてことを、やたら平坦《へいたん》な声で聞いてくる。

しかし、

「………………」

誰《だれ》も答えない。答えられなかった。

それほどの美人なのだ。言葉を忘《わす》れて、思わず黙《だま》りこんでしまうほどの。

看守《かんしゅ》も、そして、昨日からずっとのそのそとついてきていた三人組も。

いや、ライナだけは、あいかわらずぼけた顔でまわりをきょろきょろと見まわし、逃走《とうそう》経路《けいろ》を確認《かくにん》していたりするが……

どっちが異常かと言えば、ライナが異常だろう。これほどの美貌を目の前にして、まるで目を奪《うば》われないというのは……

女が言った。

あくまで冷たい声音《こわね》で、

「ごくろうだった。あとは私がやろう。帰っていいぞ」

その言葉で、のそのそ三人組が反応《はんのう》した。

「え、っといや、でも、女性の方一人に、そんな危険《きけん》な仕事を押《お》し付けるわけには……」

が……

「言いなおそう。消えろ」

女は容赦《ようしゃ》なかった……

三人組はどこかショックが隠《かく》せない様子で、とぼとぼと去っていき、看守は……

「じゃあ、ライナ。ここでお別れだな……」

しかしライナは、それに適当《てきとう》にうなずいて、

「あ。そうだな。いままで世話になったたな。んじゃまたな」

「またなって……ああ、そうか。いつか俺が死んだら、会いにいくよ」

「はいはい。んじゃな」

そんなライナの素《そ》っ気《け》ない態度《たいど》を、なにを勘違《かんちが》いしたのか看守は涙《なみだ》ぐんで、

「………ライナ。おまえって奴《やつ》はいつまでも俺に気をつかって……わかった。しめっぽい別れは俺もするまい……じゃあな⁉」

言って、走り去っていく。

その後ろ姿を見送ってから——

ライナはこの、異常なほど無表情《むひょうじょう》な女と対峙《たいじ》した。

あいかわらずの緩《ゆる》んだ瞳で女を見据え、

「や。美人さん」

「なんだ。色情狂《しきじょうきょう》」

「へ？……」

突然《とつぜん》の女の言葉に一瞬、ライナは呆然《ぼうぜん》とした。

「えっとぉ……」

しばらくの沈黙《ちんもく》。

それから気をとりなおして、

「……その、なんだ。できれば、なんで俺《おれ》が色情狂なのか、聞かせてもらいたいんだけど……？」

するとと女は当然とばかりの表情で、

「顔だな」

「はぁ!?」

「それに経歴《けいれき》もだ。すでにおまえのことは聞いている」

「って、ちょっと待て。いったいそれはどういう経歴なんだよ？」

「おまえが知る必要はない」

女はにべもなかった。

う〜……

これは手ごわいぞ……

ライナは別の意味で女に圧倒《あっとう》されながらも、世間話ばかりしていても仕方ないので、行動を開始した。

表情はまだ緩んだままだが、そっと手をあげて、

「あ〜それでさ。悪いんだけどさ。ちょっと頼《たの》みがあるんだ」

「？」

女がそのライナの動きに、すっと視線《しせん》を動かす。しかし、別段警戒《べつだんけいかい》しているようにも見えない。

それにライナは内心笑《え》みを浮《う》かべて、

「俺、悪いけどここで逃《に》げさせてもらうわ」

言葉と同時に、ライナは空間に手を踊《おど》らせた。ものすごい速さで魔方陣《まほうじん》を描《えが》く。

一瞬。

いや、半瞬とも言える速さで構築《こうちく》された魔方陣。

すぐに魔法は完成して、

「求めるは雷鳴《らいめい》〉〉〉……」

とそこで、女がライナのそんな動きを表情一つ変えずに見つめたまま、呟《つぶや》いた。

「ほう。この私と殺《や》る気か」

女の言葉を無視《むし》して、ライナは呪文《じゅもん》を唱《とな》える。

「稲光《いづち》」

瞬間《しゅんかん》。

ライナの描いた魔方陣の中央から、強烈《きょうれつ》な光源《こうげん》が生まれ……

女へとめがけて、

「…………へ？」

そこでライナは間抜《まぬ》けな声をあげた。

目の前の光景が、理解《りかい》できなかったから……

女の姿《すがた》が、かすんだと思った刹那《せつな》、
ひゅ！

いつのまにか抜き放たれていた長剣《ちょうけん》がすくいあげるようにしてライナのあごめがけて迫《せま》ってくる。

「うわぁ!?」

とっさにライナは体を反《そ》らしてかわすが、女の長剣はそのまま、ライナの描いた魔方陣を真ん中から切り裂《さ》き、中心に集まっていた雷撃《らいげき》の光球をその刀身に吸収《きゅうしゅう》すると、返す刀でそれを一直線に振り下ろしてくる。

「………っと!?」

ライナは言葉もなく、身をひねり、横とびに離脱《りだつ》する。

直後。

ヒュゴァ!!

聞いたこともないような奇妙《きみょう》な音とともに、女の剣から雷撃が放たれ、ライナの元いた場所が大きくえぐりとられる……

それを見てライナは……

「………ま、まじかよ……」

思わず呟いた。

女の動きは、信じられないものだった。

あまりに速過ぎる。

この女は、雷《いかずち》を切り裂き、感電するまえにそれを放ってしまったのだ。

そんなこと、普通《ふつう》の人間にできるわけがない。それも、あんな長剣を振《ふ》りまわして……

ライナは、目の前でなにごともなかったかのような無表情で振り返り、額《ひたい》にかかった美しい金髪《きんぱつ》をはらいのけている女を見つめて、

「だてに、王直属《ちょくぞく》の部下じゃないってわけか……」

うめくように言った。

さっきの女の攻撃《こうげき》をさけることができたのは、奇跡《きせき》と言ってもいい。いや、もしかしたら手加減《てかげん》されていたのかも……

相手が魔方陣を切らず、一撃でライナを仕留《しと》めるつもりでいたのなら、殺されていた
……

「まいったなこりゃ……俺《おれ》も真剣《しんけん》にやらないと、殺されるかも……」

すると女がライナを見つめて、

「ほう？　いまので真剣じゃなかったと？」

「まあ、七割《わり》ってところか」

「ふむ……なるほど。あいつがおまえを欲《ほ》しがるわけだ」

「ん？　あいつ？」

「なんでもない。それなら、私も少し真剣にやろうか」

と──女が剣を再《ふたた》び鞘《さや》にもどした。そのまま、鞘に手をかけた姿勢《しせい》で、

「いくぞ」

「あ！　あ！　ちょっと待って⁉　いきなりはじめられても困るよ⁉」

「？　どういうことだ？」

「ちょっと卑怯《ひきょう》だぞ。こっちには真剣にやるにはそれなりの準備《じゅんび》ってもんがいるんだ。そんないきなり切りつけてこようだなんてだめだめ」

「……ふむ。で？」

「ちょっと待ってろ。いまめんどくさいのを我慢《がまん》してがんばるから。えっと」

言って、ライナは目の前に光の文字を描き始める。あの戦場で、エスタブールの魔法騎士から複写《ふくしゃ》した魔法だ。

やがて文字は全《すべ》て完成し、

「我《われ》・契約文《けいやくぶん》を捧《ささ》げ・大地に眠《ねむ》る悪意の精獣《せいじゅう》を宿す」

瞬間。

ライナの体がきらめいたように見えた。

それにライナは一つうなずき、

「よし。準備おっけい。かかってこい」

「…………」

そうして戦闘《せんとう》は再び始まった。

ライナの動きが……

加速する。

突進《とっしん》してくる女から距離《きょり》をとりながら、とんでもない速さで魔方陣《まほうじん》を描き……

それを見て女が、

「ん」

一言だけ呟いて、そのままさらに突進の速さを増《ま》した。

「へ……？」

ライナはそれに思わず驚《おどろ》きの声をあげて、手を止める。

「ま、まじで!?」

ライナの動きは、魔法で飛躍的《ひやくてき》に加速されているはずなのだ。この力で、エスタブールの魔法騎士たちは、戦場の死神と呼《よ》ばれていたはずなのだ……

なのにこの女は……

そのスピードすら、さらに超《こ》えてくる……

とそこで、ライナははたと気づいた。

そうか。この女も、なにかしらの魔法を使っているのだ、身体能力《しんたいのうりょく》を、急激《きゅうげき》に上昇させるようななにか……

エスタブールの奴《やつ》らが使っていたものよりも、さらに高度な……

それなら……

ライナは女を見つめた。彼の瞳《ひとみ》で……彼の五方星《ごほうせい》が浮き上がった瞳でそれを見れば、どんな魔法だって、解析《かいせき》して、使えるようになる。

そう。どんな魔法だって……

彼の五方星が、女を見つめ、そして解読していく……

構成《こうせい》。形式。発動方法。威力《いりょく》。効果《こうか》。

高速で処理《しょり》、解析して、わかったことは……

「…………」

魔法なんて、この女はなにも使っていないということ……

「はぁ!?　って、なんも使ってなくてこんな動きができるはずが……」

刹那《せつな》。

あっさりライナの速さに追いついてきた鋭《するど》い剣撃《けんげき》が、彼を頭から真っ二つにきりさこうと、

ひゅ！

「くぅ」

ライナは途中《とちゅう》まで完成させていた魔方陣をなんとか作り上げ、それに対応《たいおう》する。

「求めるは水雲《すいうん》〉〉・崩雨《みすみ》」

と、ライナの作り上げた魔方陣の中央に、圧縮《あっしゅく》された液体《えきたい》が集まり、それが弾《はじ》け、激《げき》流《りゅう》となって女へと放たれる。

しかし女はそれに冷静に対処《たいしょ》してくる。

すぐさま攻撃《こうげき》の目標をライナから地面へ切り替《か》え、剣《けん》を地面に突《つ》き立てると、それを軸《じく》に体を空中に跳《は》ね上げ……

それは華麗《かれい》な動きだった。

水飛沫《しぶき》の上を、女の体が舞《ま》い、そのまま宙返《ちゅうがえ》りをして、ライナの懐《ふところ》に飛びこんでくる。

ライナはそのまま尻《しり》もちをつき、動けなくなったところへ、すっと女の剣が首筋《くびすじ》へ突きつけられ、

「ん。これで終わりか？」

「…………えっと……あ〜……うん」

ライナは両手を上げて降参《こうさん》した。

とんでもない強さだった。

まるで人間とは思えないほど……

しかし、女はそのまま、無言でしばらく剣をライナの首筋へ突きつけ続ける。

殺すわけでもなく、かといって剣を収《おさ》めるわけでもなく。

すっかりあきらめてしまったライナは、それを脱力《だつりょく》しきった目で見つめていた。ひさしぶりにいろいろがんばり過《す》ぎて、もう全てがめんどくさくなっていた。

こんだけがんばってだめなら、もういっかーとか思ったりなんかして……

と——

女が最初っから一貫《いっかん》して変わらない、無感情な声で聞いてきた。

「おまえはいま、手加減《てかげん》したな」

「へ？　なんでそう思う？」

「さっきの魔法……水じゃなく広範囲《こうはんい》へ攻撃《こうげき》できる系統《けいとう》の、炎術《えんじゅつ》魔法を使っていれば、私をとらえることができる可能性《かのうせい》があったはずだ。おまえくらいの動きができるものなら、とっさにその判断《はんだん》もついたろう。なのに……なぜ使わなかった？」

「う～ん。いやだって、そしたらおまえ死んじゃうかもしれないじゃないか。それに、綺《き》麗《れい》な顔をヤケドさせるのもなんか悪いしなぁ……せっかくの美人さんなんだし」

なんてことを、ライナは疲《つか》れた表情《ひょうじょう》であっさり答えた。

すると、

「…………」

女はライナを見つめて、しばらく黙《だま》りこむ。

それからどういうつもりか剣を鞘《さや》に戻《もど》し、一人納得《なっとく》するようにうなずいてから、

「ふむ。なるほどな。私の、世界が崩壊《ほうかい》するほどの美人っぷりに、色情狂《しきじょうきょう》のおまえとしては、戦闘《せんとう》中によからぬことばかりが頭をめぐって適正《てきせい》な判断《はんだん》がくだせなかったと……そういうことだな」

真顔で言いきってくる。

それにライナは一瞬《いっしゅん》言葉を失ってから……

「…………は？　世界が崩壊……？　って……」

が、それを完全に無視《むし》した態度《たいど》で女はライナに背《せ》を向け、

「立て。さあもういくぞ。王が待ってる」

「って、いくぞって言われて、死刑《しけい》されに素直《すなお》にいく奴《やつ》もいないと思うんだが……」

「こないならこないでもいい。ただ、おまえはひどく後悔《こうかい》することになるだろう」

なんていう、ひどく後味の悪い言葉をさらっと残して、すたすたと歩いていってしまう女。

それに、

「あう……」

ライナはうめいた。

罠《わな》なのはわかっている。聞いたらおしまいだ。聞いたらきっと、王のもとへいかざるを得ないようななにかを言われるに違《ちが》いないのだ。

ライナは自分に言い聞かせるように呟《つぶや》く。

「聞いちゃだめだぞライナ。いまがチャンスなんだ。いま逃《に》げなきゃ、死刑になっちゃうぞ」

が、結局。

「…………あーだめだ！　ちょっと待てよおい。卑怯《ひきょう》だぞ。なんなんだよ後悔って？　それを言ってくれないと逃げるに逃げられないじゃないか」

なんて台詞《せりふ》を言う奴《やつ》に、はたして真剣に逃げる気なんてあるのだろうか？

それは疑問《ぎもん》だが、ライナの言葉に女が振《ふ》りかえり、言った。

「後悔は後悔だ。おまえがこのまま逃げるというのなら、王からすでに聞いているおまえの恥《は》ずかしい経歴《けいれき》を世間にばらす」

「………恥ずかしい経歴？　なんだそりゃ？　俺は別段《べつだん》、誰《だれ》かに聞かれて恥ずかしいようなことをした覚えが……」

そこで、女の、馬鹿《ばか》にしたような笑い声がライナの言葉を遮《さえぎ》る。

「ふふ。そうかな？　六歳にして年増《としま》好き。マダムキラーだというのが、恥ずかしくない過去《かこ》だとおまえが言うのならそうだろう。さあもういくぞ。あとはおまえが決めろ」

言って、今度こそすたすたと宮廷《きゅうてい》へと消えていってしまう女を、ライナは呆然《ぼうぜん》と見送っていた。

頭には、いま言われた言葉がめぐる。

マダムキラー。六歳にして年増好き。

「………」

懐《なつ》かしい言葉だった。

もう戻らないはずの言葉。

それがいま目の前で……

それも死刑になるというこの場で発せられた。

これは、どういうことだ？　なんなんだ？

必死に頭を回転させるが、いきつく先は一つだけ。

そんなことを言う奴で、いまもまだ生き残っている奴は……

「……まじで？　そういうことなわけ？　なんだそりゃ？　って、ちょ、ちょっと待てよ」

そしてライナも、あわてて女のあとを追っていった。

向かう先は……

この国の王が住まう場所……のはずだ……

PROLOGUE II ――それでも生きるための答えを求めて

とんでもなく高い天井《てんじょう》。

それを支《ささ》える、これでもかといわんばかりに装飾《そうしょく》の凝《こ》らされた巨大《きょだい》な円柱。

そこは、このローランド帝国《ていこく》で、一番大きな建物にして、一番きらびやかな……ありていに言えば一番金のかかっている建物だった。

ローランド帝国の王が住まう場所……

その全《すべ》てが、いまではシオン・アスタールのものだ。彼にしてみれば、こんなものに金を使うのは無駄《むだ》としか思えないのだが……

彼を取り巻《ま》く老人たちに言わせると、そういう格式《かくしき》だの見栄《みえ》なども、王の威光《いこう》を見せるには大事なのだそうだ。

「格式に見栄……くだらないな」

彼は玉座《ぎょくざ》の上で、呟いた。

格式で人は救えない。見栄で民《たみ》は救えない。わかりきったことだ。なにも与《あた》えてもらえないのに、威光だけを見せつけられて、その王を信じることができるだろうか？

馬鹿《ばか》らしい。

人の上に立つ者の無能は罪《つみ》だ。

人の痛《いた》みを知らないのも罪だ。

なのにここに彼が立ったとき、有能な人間は一人もいなかった。

「これが……王か……」

シオンは目を細めた。

変えなければならない。

全てを。

彼はそう思った。到達《とうたつ》点に達したと思ったとき、そこが全ての始まりなのだと思い知らされた。

長く病《や》んできた国。

無能な王や、貴族《きぞく》、そして無意味な戦乱《せんらん》によって長く病んできた国。

この国を、根幹《こんかん》から変えなければ……

彼はそう思った。

しかし……

彼は手に持った紙の束《たば》に目を落とし、笑《え》みを浮《う》かべた。

それはレポートだった。

よれよれの紙に、けっして読みやすいとは言えない文字が羅列《られつ》されている。そこには、シオンがいま手にしているだけでも膨大《ぼうだい》な量の情報《じょうほう》が書きこまれているが、それはほんの一部にすぎない。

全部あわせれば、なにも考えずに一回通して読むだけでも数日かかるだろう……

シオンは昨日、牢獄《ろうごく》からこのレポートを持ってこさせると、学者五人と一緒《いっしょ》に分担《ぶんたん》してそのレポートを読みきった。

自分が読んだ分に加え、学者が読んだ分を報告《ほうこく》させ、だいたいの内容《ないよう》はつかんだつもりだ。

そしてそれは……

驚愕《きょうがく》の内容だった。

こんなことを考える奴《やつ》もいるのだ。

こんな大それたことを……

たった二年の月日で、これだけ詳細《しょうさい》に、膨大な量の情報を調べ上げ、そして出された結《けつ》論《ろん》。

これを書いた奴は……

国どころか、世界そのものを変えようとしている。

「俺《おれ》は……国を変えるだけでも四苦八苦してるのにな……ったくたいした奴だよ」

シオンは苦笑《くしょう》した。

おまけに、そのレポートのタイトルは、

『昼寝《ひるね》王国を作るためには？』

なのである。

あまりにふざけたタイトル。学者たちも、そのタイトルを見ただけでやる気をなくしていたが、しかしそれを見ても、

「はは。あいつらしいな」

シオンは笑っていた。

シオンが、まるで考えたこともないようなことを、平気で考える奴がいる。

それが嬉《うれ》しかった。

仲間とは……そうじゃなきゃいけない。いや、国は、そうじゃなきゃいけない。どんな

考えでも、どんな奴でも、差別されることなく、受け入れられるような……
レポートの内容《ないよう》をざっと説明するとこうだ。

かつて歴史上、世界を覆《おお》い尽《つ》くすほどの強大な力を持った、魔王《まおう》、もしくは悪魔、邪神《じゃしん》と呼《よ》ばれるようなものたちが何度か存在《そんざい》したという。その魔王たちは、いまのほぼ完成されている魔法体系《たいけい》では、考えられないほどの大きな力を持っていた。強力な魔術師《まじゅつし》や戦士たちによって組まれた軍隊すら、魔王と呼ばれた一固体の化物《ばけもの》に、太刀《たち》打《う》ちすることはできなかったのだ。そして世界は、毎度その手の魔王と呼ばれるものたちに、滅《ほろ》ぼされかける。が、今度は伝説の勇者だの、光の騎士《きし》などと呼ばれた、これまたその魔王を上回るほどの戦闘能力《せんとうのうりょく》を持った人間の戦士が現《あらわ》れ、魔王を滅ぼしてしまう。さてここで疑問《ぎもん》。この勇者ってのは、いったい何者なんだ？　魔王だ勇者だというものが、存在するかどうかはとりあえず置いておいて……その化物を倒《たお》せるほどの力を持った『人間』というものは、いったいなんなのか？　軍隊でもかなわなかった化物——いくつかの歴史書にのっていることが事実だとすれば、数百人もの強力な魔術師の命を犠牲《ぎせい》にして発動するという、強力な魔法でさえ、簡単に消去してしまうような化物を、たった一人で滅ぼしてしまう、勇者とは？　世界各地には、そんな勇者伝説が点在している。いまとなっては、誰《だれ》にも見向きもされていないが……そんな勇者たちが使っていたという武具《ぶぐ》などの隠《かく》された場所を記した文献《ぶんけん》も見かけられる。残念ながら、魔王のほうの力の秘密《ひみつ》が書かれている書物は見つけられないが……しかしそれでも、そんな化物よりも強い勇者の遺物《いぶつ》を見つけることができるのならば、強力な兵器として使用することができるのではないだろうか？　ちなみに……魔王や勇者が本当に存在していたかどうかは……『複写眼《アルファ・スティグマ》』が説明してくれる。それが邪悪《じゃあく》なものなのか、それとも勇者のものなのかはわからないが……常軌《じょうき》を逸《いっ》している力は確《たし》かに存在する。ならば、他にもあるのだろう。それを探《さが》す価値《かち》は、はかりしれない。強大な力は、使い方によっては、戦争が起きる前にそれを終結させることができるのだから。

そしてレポートが論じているのは、各地に残る勇者伝説の位置や、内容。各伝説を吟味《ぎんみ》し、勇者の遺物がありそうな場所をピックアップした地図。

おおよその内容は、そんな感じだった。

人によっては、ひどく馬鹿《ばか》らしい内容だと思うだろう。『複写眼《アルファ・スティグマ》』の本当の力を見たことがないものも、子供《こども》の夢物語《ゆめものがたり》だと片付《かたづ》けるだろう。

いや、『複写眼《アルファ・スティグマ》』の力を目の当《ま》たりにしたシオンでさえ、このレポートは、夢想《むそう》に過《す》ぎると思う。

しかし……

シオンはもう何度も読み返した、レポートの一番最初のページに目を落とした。

そこには、このレポートの作者の、レポートを書くにあたっての考えが書かれている。

それを見て、シオンはこのレポートはおもしろいと思った。

価値があると思った。

その文を、シオンはもう一度目で追おうとして——

とそこで、人の気配を感じて、顔をあげた。

彼は微笑《ほほえ》んで、立ちあがる。

「やあフェリス。おかえり。ご苦労だったね。で、どうだった？　彼は」

目の前には、艶《つや》やかな長い金髪《きんぱつ》を持った美女、フェリス・エリスがいつのまにか立っていた。

彼女には、このレポートを書いた主を、見極《みきわ》め、使い物になるようなら連れてくるように言っておいたのだが……

フェリスは、いつもの無表情《むひょうじょう》のまま、シオンを見据《みす》えて、

「ずいぶんと間抜《まぬ》け面《づら》だったな。おまけにいつも眠《ねむ》そうだ。やる気のかけらも見られない」

「はは。だろ？　それで？」

「ん。状況《じょうきょう》が変化しても反応《はんのう》しない。緊張感《きんちょうかん》も欠ける。危機管理《ききかんり》能力が著《いちじる》しく低いのか、それとも鈍《にぶ》いのか……」

「で？」

シオンはにやにやしながら聞く。

フェリスはそんなシオンの表情に、少し憮然《ぶぜん》としたような口調で、

「おまえはあいかわらず嫌《いや》な奴だな………わかっているのだろう？　強かった。勝てないとも思わなかったが……しかし、兄様以外の人間に、脅威《きょうい》を感じたのはこれが初めてだ。それに、手加減《てかげん》されたのもな」

「そうか」

シオンはそれに、にっこりと笑った。

そしてフェリスから視線《しせん》をずらし、後ろのほうからだらだらと、やる気なさそーな足取

りで走ってくる、長身の男を見て、

「きたな。ようこそライナ。我《わ》が宮廷《きゅうてい》へ」

声をかけた。


ライナは、目の前の光景に……

呆《あき》れ返っていた。

薄々《うすうす》感づいてはいた。

さっきのとんでもなく強い女の言葉からも、気づいてはいたが……

目の前の玉座《ぎょくざ》に、シオンがいる。

ってことは、なにがどうなってるのかは知らないが……彼が王なのだろう。

ってことは、おそらく死刑《しけい》もなしなわけで……

ってことは、今日一日、目一杯《いっぱい》がんばっちゃったのは全《すべ》て無駄《むだ》みたいなもので……

「はぁ……なんか俺《おれ》もう疲《つか》れたから、とりあえず今日は寝《ね》るわ。じゃあお休み～」

ライナはさっさと現実逃避《げんじつとうひ》して、その場に横になってしまう。

彼にとっては、かつての仲間が王になっていたなんてことは、驚《おどろ》くに値《あたい》しないのだろうか……？

「っておいおい。寝るなよな。俺は仮《かり》にも王だぞ？」

「もう知らん。俺は眠いんだ！」

「ったく……いいのかそんなふうなこと言って。そんなことばかり言ってると、キファのこと教えてやらないぞ？」

「……別にいいよ」

「彼女、死んだよ」

「な⁉」

瞬間《しゅんかん》、ライナは跳《は》ね起きた。シオンのほうをにらみつけ、

「それは……」

とそこで、シオンが意地の悪そうな笑《え》みを浮《う》かべて、

「うっそ。あはは。やっと起きたな」

ライナはそのとき、いつかこいつを殺してやると心に誓《ちか》った。

まあそれはともかく、

「……はぁ。そういやおまえってそういう奴だったよな……マダムキラーとかの噂《うわさ》もあることないこと言いふらしやがって……」

「馬鹿だなぁ。こういう奴じゃなきゃ王になんてなれないんだぜ？」

「こんな奴《やつ》が王じゃこの国も終わりだな」

「ははは。かもな。じゃあおまえ王になるか？」

「やだ。めんどくさそうだし。っていうか、んで？　キファはどうしたんだよ？　知ってんだろ？　俺はずっと牢屋《ろうや》の中にいたからわかんないんだよな」

「ん。教えてほしいか？」

「別に。言いたくないなら聞かなくてもいいや」

ライナが言うと、シオンはそれに肩《かた》をすくめて、

「なるほど。この方面じゃおまえは操《あやつ》れないのか……」

「はぁ？　操るっておまえ⁉」

「あはは」

シオンが笑ってごまかし、続ける。

「じゃあいいや。教えてやるよ。キファは、おまえのことを俺に頼《たの》んでから国を出た。いろんな国を見てまわってくるってさ。エスタブール、ローランドときて、世界が見たくなったそうだ」

「ふ〜ん」

ライナは、興味《きょうみ》なさそうにうなずいた。なぜかそれに、シオンはにやにやするが……

シオンがさらに続ける。

「で、おまえに今日きてもらったのは、そんなことを教えるためじゃないんだ。そうじゃなくて、今日おまえにきてもらったのは、これについて聞きたいからなんだが……」

と、シオンが玉座の上に置いてあった、どこかで見たことがあるような、紙の束を手に取ると、それをライナに振《ふ》って見せた。

「これ。おまえが二年かけて調べた、これのことなんだが……」

「っておまえそれは⁉」

ライナが思わず声をあげる。

が、シオンはライナに構《かま》わず、

「俺としてはこれはすごくおもしろいと思ったよ。伝説の勇者の遺物《いぶつ》ね。すごい。よくこんな発想《はっそう》したなぁ」

「おまえなぁ……人のレポート勝手に読むなよ」

「もう読んじゃったよ」

「返せ」

「やだね。俺は王だぞ？　おまえに命令される筋合《すじあ》いはない」

という、シオンの言葉に、ライナは隣《となり》に立っている女に思わず言った。

「うわ。うわ。いまの聞いたか？　人のもの取っといてこの態度《たいど》。こんな王じゃこの国はもう終わりだな」

するとさっきから、一度も無表情《むひょうじょう》という表情をまったく変化させない女が、

「王の性格《せいかく》が悪いのはいまにはじまったことじゃない。そして類は友を呼《よ》ぶ」

「って、それはシオンとおまえのことか？」

「王と色情狂《しきじょうきょう》のことに決まっているだろう」

それにシオンが、

「なんだよ。この三人の中じゃ、俺が一番の常識人《じょうしきじん》だと思ってたのに」

三人とも、五十歩百歩という言葉は知らないようだった……

シオンが続ける。

「とにかく。俺はこのレポートが気に入った。それでこの内容《ないよう》を、実際《じっさい》にライナに追ってもらいたいんだ。世界各地を巡《めぐ》り、勇者の遺物とやらをかき集めてきてほしい」

「はぁ⁉」

シオンの言葉に、当然ライナは叫《さけ》んだ。

「なんで俺が⁉」

しかし、ライナの声をさらに無視《むし》してシオンが続ける。

「しかしライナだけじゃ、なまけそうで心配だし……そこで、フェリスにライナの補佐役《ほさ》としてついていってもらいたい」

瞬間《しゅんかん》。

「…………」

女が無言でシオンを見据《みす》え、

「貴様《きさま》……どういうつもりだ王」

まるで王を王扱《あつか》いしているようには見えない……

とにかく、二人とも不満なのだ。

ライナが言った。

「おまえが勝手に決めるなよシオン。俺はその研究は暇《ひま》だからやってただけで、やるにしたって、一生かけてのんびりゆっくり、夢《ゆめ》を膨《ふく》らましながら老後の楽しみにやろうとか思ってたんだぞ？」

が、シオンはしれっとした態度で、

「そんなこと俺が知るか。俺の命令を聞かなきゃ死刑《しけい》だ」

無茶苦茶言ってくる。

続いて女……シオンにフェリスと呼ばれた女が、

「私はエリス家だといっても、当主じゃない。正式なおまえの部下というわけではない。おまえの命令をそうそう何度も受ける筋合いは……」

しかしそれにも、

「そう言うと思ったから、このレポート、ルシルにも見せて、承諾《しょうだく》を得ておいたよ。ルシルもおもしろいって言っててね。フェリスがこの計画を失敗《しっぱい》するようなら……なぜかイリスちゃんが死んじゃうんだってさ。だからフェリス。ライナをちゃんと連れていけなかったら、その時点で、イリスちゃんは死ぬらしいよ？」

「ん。問題ないな。自分の身ぐらい自分で守れなければ……」

が、シオンはフェリスの言葉を遮《さえぎ》って、にやりと笑う。

「甘《あま》いなフェリス。それだけじゃないんだ。ルシルいわく、フェリスが言うことを聞かなければ、即座《そくざ》にウィニットだんご店も取り潰《つぶ》しになるんだそうだ」

瞬間。

フェリスがいまだかつてないほど、動揺《どうよう》した声で、

「な⁉　なんて卑怯《ひきょう》な奴らなんだ⁉」

とそこで、どこからともなく、澄《す》んだ、男の声が響《ひび》いた。

『あと二分以内に旅立て』

その声は、ほんとにどこからともなくだった。ライナがまわりを見まわしても、まるで誰《だれ》もいないのに、声だけがどこからか響いてくる。

しかしその声に、

「く…………あいつ本気だ……」

フェリスが小さくうめいた。

そして彼女は、突然剣《とつぜんけん》を抜き放ち、ライナの首筋《くびすじ》へ突《つ》きつけてくる。

そして一言。

「そういうことだ。時間がない。いくぞ色情狂」

「って、はぁ？　そういうことってどういうことだよ!?　俺には全然関係ない話じゃないか！　っていうかシオン！　おまえ勝手になんでも決め……うあ……」

しかし言葉は、首筋にさらに一ミリ剣が深く突きつけられることで遮《さえぎ》られる。

フェリスが言ってきた。

恐《こわ》いほど無表情な顔で、ライナをのぞきこんできて、

「時間がないと言っている。選べ。首が飛ぶ。胴《どう》が飛ぶ。それとも私の言うことを聞く。どれだ」

本気の目だった。いや、今日初めて会ったときから、ずっと無表情に、完全にすわっち

やってる目なので、いつも本気の目に見えるのだが……

「うう」

ライナは少しずつ喉《のど》に迫《せま》ってくる剣から、逃《に》げるようにして立ちあがり、

「シオンおまえ覚えてろよ⁉」

これからどうなるか、まるで見越《みこ》していたかのようににやにやと笑っているシオンに毒《どく》づいた。

「はは。やっといく気になってくれたか」

「誰がいくか⁉　俺は絶対《ぜったい》……」

とそこで、またどこからともなく声が響く。

『あと一分』

「ってこの声はなんなんだよ⁉」

叫ぶライナに、フェリスが、

「まずいな。時間がない。だんごが危《あぶ》ない。じゃあ、王、いってくる」

「うん。じゃあライナを頼《たの》んだよフェリス」

「ん」

「って、おまえらだからなんで勝手に……へ？」

ライナが叫ぼうとした瞬間、ものすごい勢《いきお》いで彼の目の前に鉄塊《てっかい》が迫ってきた。

フェリスの長剣だ。刃《は》の部分ではなく、剣の腹《はら》の部分が顔面に叩《たた》きこまれ、

「ぶわぁ⁉」

ライナは吹《ふ》っ飛んだ。意識《いしき》がそのままもっていかれそうになる。

ライナは地面に倒《たお》れ伏《ふ》し、立ち上がる気力もなくなるが……

それを見てフェリスが一言。

「よし」

「ってよしじゃないだろうが⁉」

「なんだ。意外に元気だな。これならどうだ」

と、背中《せなか》をぐわしと踏《ふ》みつけられる。

今度こそ動く力もなく、ぐったりとなったライナを見下ろし、フェリスは、

「ではいこう。相棒《あいぼう》」

「………………って、いったいなんの相棒だよ……俺にはそういう趣味《しゅみ》は……うぎゃ⁉」

とどめを刺し、ライナの襟首《えりくび》をつかんで、ずるずると引きずりながら歩きだした……

こうして、こんなにもとんでもなく相性《あいしょう》の悪そうな二人の旅は始まる。
ライナは意識《いしき》を失っているし、フェリスはやっぱり無表情のままだが……
この先には、いったいなにが待ちうけているのだろうか？
というより、ライナは果たして目を覚《さ》ますのだろうか？
それはまだ、誰《だれ》にもわからない。

シオンは二人を見送ると、玉座《ぎょくざ》に座《すわ》った。
微笑《ほほえ》み、それから、再《ふた》びライナのレポートを手に取る。
最初のページ。
昨日から、もう何度読み返したろう？
彼は誰もいない空間に、呟《つぶや》いた。
「ルシル。俺が向かう場所は、これなんだろうか？」
すると、

「わからない」

声がして、シオンの目の前に一人の男の姿《すがた》が突如《とつじょ》現れる。それにシオンはもう、驚いたりしないが……

男が言った。

「だが、それも先の一つだね。この場所が君の終着点じゃない。だから君をまだ、私は殺さない。王は物だ。国の歯車の一つ。新しいうちはまだ壊《こわ》さない。はは。君はまだ新しいよ」

シオンは、そんなことをあっさりと言ってくる男を見つめた。

これがシオンのいまいる場所だ。

これも、彼のものの一つ。

力のかわりに、いろいろなものを失ってきた。

それでも彼は、まだ前へ進もうと思う。どんなものを失っても。どんな悲しみにぶつかっても。

それが彼が自分で決めた道なのだから。

とそこで、再びシオンは、ライナのレポートに目を落とした。

ここには、新しい道も描《えが》かれている。

「それもいい」

シオンは呟いた。

ライナがその道をいくのも。

「俺とは別の道だが……」


レポートは、こういう書き出しで始まっていた。

人が死ぬのは嫌《きら》いだ。

殺すのも嫌い。

泣かれるのだって、泣くのだっていやだ。

人生を選べないというのはどういう気持ちだろう？

家族が死ぬのは？

好きな人が死ぬのはどうだろう？

誰もそんなことを望まないはずなのに、なぜか世界は、そんな無意味な悲しみばかりを、笑いながら欲《ほ》しがる。

なにかを無理矢理変えたいと思ったことはなかった。けど、変えなきゃ悲しいし、もうなにも失いたくないから……
めんどくさい話だが……
そろそろ前へ進もうかと思う。いままでずっと、目をそらしてきたけど、必要なら、
自分の過去だって見つめてみよう。
そして、
もう誰もが、なにも失わない世界を手に入れるために。
あの子も、キファも泣かないし、タイルやトニー、ファルは死なないし、シオンは
思いつめなくていいような世界。
みんなが笑って、昼寝だけしてればいいような世界へ。

ライナ・リュート

あとがき

ある日、僕《ぼく》を育ててくれている、超敏腕《ちようびんわん》スゴウデ担当《たんとう》Mさん（担当：ホメ殺しというかイヤガラセだね、これは）が言いました。

「鏡《かがみ》君、龍皇杯《ドラゴンカップ》ってのがあるんだけど、出てみる？」

「へ？　なんですかそれ？」

「うん。作家六人が短編を出し合ってね、読者からの投票で、ドラゴンマガジンでの連載権を争そうんだけど……出る気ある？」

もちろんあるに決まっています。

このときはまだ、『武官弁護士《ぶかんべんごし》エル・ウィン』という、僕のデビュー作が発売になる一か月前の話です。僕は二つ返事で答えました。

「そりゃ、やらしてもらえるなら、やります！」

「ん。じゃあ、月曜に企画会議《きかくかいぎ》があるから、二日で簡単《かんたん》なプロット（作品のざっとした簡単な企画のこと）何本か上げて」

「は⁉　二日で……ですか？…………………まぢで？」

「マジで」

な、なんでもっと早く言ってくれないんだぁあああ‼

という気持ちを押《お》し隠《かく》しつつ、僕は答えました。

「わ……わかりました……がんばります！」


ってな経緯《いきさつ》をへて——

えーこの度《たび》、第四代目『龍皇《りゅうおう》』を拝命《はいめい》いたしました、鏡貴也《たかや》でございます！

なにとぞよろしゅう！


なんて書くと、暴走族《ぼうそうぞく》のリーダーみたいですが……

そんなこんなで『伝説の勇者の伝説』書き下ろし長編シリーズ第一巻、いかがでしたでしょうか？


えっととりあえず、全然この作品に触《ふ》れたことのない方のために説明すると——

この作品の大元《おおもと》は、月刊ドラゴンマガジンという雑誌にて行われた、作家六人が短編を出し合って、読者に読みたいものを投票で選んでもらおうという、なにやらサバイバルな企画に参加した作品なわけです。

でもってみんなの応援《おうえん》のおかげで、この『伝勇伝』が見事！

二か月にもわたる、激《はげ》しい抗争《こうそう》に生き残ることに成功して――

前述《ぜんじゅつ》の通り僕が暴走族のリーダー第四代目『龍皇』として……

ってそれはもういいから！


あ、ちなみに今回は、まったく同得票数を獲得《かくとく》して四代目『龍皇』になった作品がもう一つありまして……

EMEという作品なんですが、なにやら編集部の陰謀《いんぼう》により、『伝勇伝』と『EME』は当面のライバル同士として、この先ガチンコバトルを繰《く》り広げ続けるらしいです……

でも『EME』は……

僕の作品とは百八十度違って、世界観は現代だし、主人公はカッコイイし、アクションはハリウッドばりだしと、クールというのはこの作品のためにあるような言葉で……

うちのやる気なし主人公で、はたして太刀打《たちう》ちできるのかどうか……

そう考えると心臓《しんぞう》が痛い毎日です（涙）

まあそんなこんなで、伝勇伝とＥＭＥはアンケート結果を競《きそ》い合いながら現在ドラゴンマガジンでデッドヒートを繰り広げてるんですが……

そんな中文庫としては初お目見えのこの作品、『伝説の勇者の伝説1　昼寝王国の野望』は、連載のちょっと前の話からスタートしております。

連載は完全にコメディのノリへ吹っ飛んでしまっているいま、比べてみると長編はかなり真面目《まじめ》にみんな生きてるなぁ（笑）

とにもかくにも、初めての方は、物語はこの長編からスタートです。

安心して読んでください。

連載分を読んでくださっている方は、連載分ではこれでもかと完全に秘密《ひみつ》になっているバック設定が今回は明かされています。

これでやっとこさ、彼らがなぜあんな旅をしているのかがわかります（笑）

いやね、あとがき冒頭《ぼうとう》の話で提出したプロットというのが、以前からあたためていたかなり複雑な設定のプロットだったもんだから、担当さんと相談して、短編と長編のスタンスを分けちゃおうという形式になってしまいました。

読んでくれた方はもうわかると思いますが、ほんの序盤《じょばん》のほうだけはいつもの軽い調子で進みますが、中盤以降は……

いろいろと驚《おどろ》くこと請《う》け合いです（笑）

と——よし。

これで言わなきゃいけないことはほとんど言ったかな。

いやでもほんと、何度も言ってますが、みんなに感謝《かんしゃ》です。

この作品が思いのほか人気が出て、当初の連載六か月という区切りを通り越して連載を続けられているのは、ほんとにもう、選んでくれた読者のみなさんや、応援してくれているみんな、素晴《すば》らしいイラストを描《か》いてくれるとよたさん、そして編集部のみなさんや、その他この作品にかかわってくれた全《すべ》ての方々のおかげです。

本というのは、あたりまえだけど読んでくれるみんながいなければ成り立たないわけで、みんなで一緒《いっしょ》に作っていくものだと僕は思うんです。

どんな形ですら——

例《たと》えば本屋で少しこの本を立ち読みしてくれたり、友達にこんな本を読んだよと言ってくれるだけでも、やっぱりそれは影響《えいきょう》があって。

それを今回の、龍皇杯という、読者の意見がダイレクトに反映するような企画で再確認することができて、すごく嬉《うれ》しかったです。

ほんとうにみんな、ありがとう。

これからも一緒に作品を作っていこうね！

ってなわけで次にお会いするのは……
やっぱりみんなの応援次第《しだい》ということで！（笑）
ではでは。

鏡　貴也

富士見ファンタジア文庫

伝説《でんせつ》の勇者《ゆうしゃ》の伝説《でんせつ》1

昼寝王国の野望

平成14年2月25日　初 版 発 行
平成17年10月15日　十三版発行

著者――鏡《かがみ》　貴也《たかや》

発行者――小川　洋

発行所――富士見書房
〒102-8144
東京都千代田区富士見1-12-14
電話　営業　03(3238)8531
　　　編集　03(3238)8585
振替　00170-5-86044

印刷所――暁印刷
製本所――BBC

ISBN4-8291-1410-X C0193

富士見ファンタジア文庫

武官弁護士エル・ウィン

鏡 貴也

私はミア・ラルカイル。十六歳の可憐な美少女。そのうえある王国の元王女様なのに、強盗やんなきゃ生きてけないなんて……。

なんて思いつつ、金をとろうとしていた私の前にのんきに新聞を読んでる青年一人。武官弁護士を名乗るそいつは一体何者!?

第十二回ファンタジア長編小説大賞準入選作。新世紀をリードするロマンティック・ハリケーン・ファンタジー!

富士見ファンタジア文庫

武官弁護士エル・ウィン

ハタ迷惑な代理人

鏡　貴也

ある街に着いて早々いきなりナンパされた私。まあわからないでもないけど、私はそんなのに付き合ってるヒマはないの。私には武官弁護士という超エリートの彼がいるし(片思い中だけど)。

　でもこのナンパ男、仕事の席で再会。え？この男も武官弁護士ですってー!?

　超ドキドキ♡のロマンティック・ハリケーンファンタジー、第二弾!!